Enid Blyton®

Hanni & Nanni

Hanni und Nanni in tausend Nöten

Schneiderbuch
EGMONT

verlegt durch EGMONT Verlagsgesellschaften mbH,
Gertrudenstraße 30–36, 50667 Köln

Artwork: © Fotograf: Gordon Mühle/Mit freundlicher
Genehmigung der UFA Cinema GmbH und
Universal Pictures International Germany GmbH
Umschlaggestaltung: Guter Punkt, München
Satz: Greiner & Reichel, Köln
Printed in the EU (675292)
ISBN 978-3-505-13674-0

15 16/8 7 6 5 4 3 2 1

MIX Papier FSC FSC® C017859

Inhalt

Wie schön, wieder in Lindenhof zu sein

„Lindenhof ist ja kaum wiederzuerkennen", rief Hanni Sullivan, als der Bus um die letzte Kurve fuhr und das Internat vor dem Hügel in Sicht kam. Die Mauern waren nicht mehr grau wie in den letzten Jahren. Sie strahlten schneeweiß in der hellen Mittagssonne. Und die beiden Türme an den Seiten hatten einen zarten roten Anstrich. Es war ein wunderhübsches Bild: das helle Gebäude inmitten der herbstlich bunten Parkanlagen.

„Wahrhaftig – kaum wiederzuerkennen", wiederholte Hanni.

Und ihre Zwillingsschwester Nanni rief begeistert:

„Frisch geputzt wie zu einem Fest."

„Na, wenn das kein Festtag ist!", sagte Doris. „Die Burgfräulein von Funkelstein geben ja auch Lindenhof die Ehre."

Die anderen Mädchen lachten. Schließlich hatte man sie ausquartiert. Ein paar Wochen war das Internat in den Räumen des Landschulheims auf Burg Funkelstein zu Gast gewesen, weil Lindenhof renoviert wurde. Sie hatten dort viel Spaß gehabt und eine schöne Zeit verbracht. Aber jetzt freuten sich alle auf die Rückkehr in die gewohnte Umgebung.

Hilda, die Klassensprecherin der Vierten, sprach allen aus dem Herzen, als sie sagte: „Es geht doch nichts über Lindenhof."

Die Französischlehrerin – von Schülern und Kollegen kurz und bündig Mamsell genannt – drehte sich um: „In den neuen Räumen wird euch das Lernen sicher kinderleicht fallen, n'est-ce-pas, ihr lieben Mädchen? Die Vokabeln werden rutschen wie ... wie ... gefettet ..."

„... wie geschmiert", verbesserte Doris lachend und Mamsell wiederholte schmunzelnd: „Ja, wie geschmiert. Auch bei dir, liebe Doris."

Davon war Doris freilich nicht überzeugt. Sie konnte und konnte es nun mal nicht, bei allem guten Willen und aller Mühe, die ihre Freundin Petra sich mit ihr gab, dabei war Petra ausgerechnet die Klassenbeste!

Aufgeregtes Winken vom Schulhof her ... Dort stand die erste Klasse. Frau Theobald, die Schulleiterin von Lindenhof, hatte die Jüngeren sofort nach Lindenhof zurückgeschickt, als ihre Räume im Erdgeschoss fertig waren. Sie sollten unter der Obhut ihrer Klassenlehrerin möglichst schnell lernen, sich ins Internatsleben einzufügen. Aber diese Hoffnung hatte sich nicht erfüllt. Die überaus lebhaften Kinder waren in dem großen leeren Bau bald außer Rand und Band geraten und hatten sich als absolute Könige gefühlt. Frau Roberts und die Hausmutter hatten ihre liebe Not mit ihnen gehabt. Höchste Zeit, dass die anderen Klassen kamen!

„So, da sind wir!“ Der Busfahrer – eigentlich der Hausmeister des Internats – öffnete die Tür und fing an, das Gepäck auszuladen.

Kichernd und aufgeregt sprangen die Mädchen aus dem Wagen.

„Es kommt mir fast so vor, als ob wir zum ersten Mal hier wären“, sagte Nanni. „Wir entdecken Lindenhof neu.“

Tatsächlich war vieles anders geworden. Die Wände der langen Gänge strahlten und leuchteten in hellem Gelb, wenn die Sonnenstrahlen drauffielen. Auch die Gemeinschaftsräume, in denen sie ihre Schulaufgaben erledigten oder ihre Freizeit mit Spielen, Lesen und Unterhaltungen verbrachten, hatten einen hellen, freundlichen Anstrich bekommen. Begeistert liefen die Mädchen überall herum. Aus allen Stockwerken klangen entzückte Rufe.

Der neue Klassenraum löste in der Vierten einen wahren Begeisterungssturm aus. Neue Möbel, schöne Bilder an den Wänden und ein paar Blumenstöcke auf den Fensterbänken.

„Wo schlafen wir eigentlich?“, fragte Hilda.

Dann hörte sie die Hausmutter rufen: „Hallo, vierte Klasse, bitte euer Gepäck aus der Halle abholen!“ Sie erklärte den Mädchen: „Ihr zieht ein Stockwerk höher als bisher. An jeder Tür klebt ein Zettel mit den Namen. Danach richtet ihr euch bitte!“

Es stellte sich heraus, dass die Zwillinge in einem schmalen Eckzimmer schlafen sollten, nicht wie sonst üblich zu sechst, sondern nur zusammen mit Hilda und Elli – „unserer unvermeidlichen Cousine“, wie Hanni boshaft sagte. Die anderen waren auf demselben Flur untergebracht. Am anderen Ende des Flurs blieb ein schmaler Raum mit drei Betten frei. Kamen etwa Neue?

„Glaub ich nicht“, sagte Hilda. „Das Schuljahr hat ja längst angefangen.“

„Neue werden kaum angemeldet sein“, sagte auch Jenny später, als sie nach dem Auspacken im Essraum saßen und das Festmahl genossen, das die Hausmutter spendiert hatte: Schnitzel, Blumenkohlgemüse und als Nachtisch für jede eine Riesenportion Vanille- und Schokoladeneis.

Jenny irrte – genau wie Hilda. Die Direktorin, Frau Theobald, hieß ihre Schülerinnen kurz willkommen: „Unsere kleine Gemeinschaft ist wieder beisammen und ich hoffe, wir werden auch weiterhin gut miteinander arbeiten. Übrigens kommen ein paar Neue in die Schule, drei in die unterste

Klasse und zwei in die Vierte. Nehmt sie freundlich und kameradschaftlich auf."

Na, das war vielleicht eine Überraschung! „Zwei Neue kommen zu uns?", tuschelten die Mädchen aus der Vierten. „Ob sie schon morgen eintreffen? Oder erst zum Wochenanfang? Und woher? So mitten im Schuljahr – das ist doch ganz ungewöhnlich für einen Wechsel."

„Wir werden ja sehen", meinte Bobby gelassen. „Schließlich sind das nicht die ersten Neuen, die zu uns kommen."

Am nächsten Tag erschien niemand. Dafür aber flüsterte Uschi aus der dritten Klasse etwas von einem Geheimnis, das die eine Neue umgebe. Uschi Born war bekannt dafür, dass sie hinter alle Geheimnisse kam, auch wenn die Beteiligten sie zu verbergen suchten. In ihrer eigenen Klasse erzählte ihr deshalb längst niemand mehr etwas.

Nur wenn eine Sache schnell bekannt werden sollte, dann wurde sie Uschi anvertraut. Da konnte man sicher sein, dass alle in kürzester Zeit Bescheid wussten.

„Nehmt euch vor dieser kleinen Kröte in Acht, sie lauscht und tratscht herum!", hieß es auch in den anderen Klassen. Arme Uschi, ihre scheinbar harmlosen Fragen erschienen den anderen stets verdächtig! Sie bekam dann höchstens eine falsche Antwort und hatte sich dadurch schon ein paarmal gründlich blamiert.

Als nun Petra von Uschis neuesten „Nachrichten“ erzählte, fragte Hilda ärgerlich: „Woher will sie das schon wieder wissen? Die Uschi ist furchtbar neugierig, horcht überall herum und redet lauter närrisches Zeug zusammen.“

Doch Uschi war nicht zu bremsen. Sie wusste noch mehr Aufregendes: „Die eine von den Neuen ist eine Prinzessin. Aber das muss ein Geheimnis bleiben.“

„So“, sagte Hilda trocken, „das Geheimnis ist bei dir ja in besten Händen – sozusagen. Woher hast du diese Neuigkeit nun wieder?“

Uschi nahm Hildas Stichelei nicht übel. „Ich stand zufällig unter dem Fenster von Frau Theobalds Zimmer. Sie sprach mit Frau Jenks und sagte: ‚Außer uns beiden braucht niemand zu wissen, dass es sich um die Tochter eines Fürsten handelt‘ – jawohl, so hat sie sich ausgedrückt: Tochter eines Fürsten. Darunter verstehe ich eine Prinzessin. – ‚Die Mädchen‘, so sagte sie dann weiter, ‚aber vielleicht auch ein paar Kolleginnen, werden bestimmt unsicher, wenn sie vom Rang und Schicksal des Mädchens erfahren.‘“

Stolz sah Uschi sich um. Sie hatte mittlerweile einen ganzen Kreis von Zuhörerinnen gefunden. Die Zwillinge standen neben Hilda. Petra, Doris und Katrin waren herangekommen, Carlotta auch. Carlottas Augen funkelten. Sie ärgerte sich und hielt damit nicht zurück.

„Du hast also gelauscht“, sagte sie hitzig, „ganz schäbig gelauscht und fühlst dich nun mit deiner Geheimnistuerei furchtbar wichtig. Ich will dir mal was sagen“, ihre Stimme wurde immer lauter, „du bist eine alberne, dumme Schwatzliese. Wer weiß, was Frau Theobald geredet hat. Es war jedenfalls nicht für dich bestimmt und du hattest kein Recht zu lauschen. Noch schlimmer aber ist es, dass du dich jetzt auch noch wichtig machst mit dem, was du gehört haben willst. Und ich rate dir: Verbreite deinen Klatsch nicht weiter, sonst kriegst du es mit mir zu tun!“

„Mit uns auch!“, riefen die Zwillinge und die anderen stimmten zu.

Sehr kleinlaut räumte Uschi das Feld. Trotzdem wussten schon nach kurzer Zeit sämtliche Schülerinnen: In die Vierte kommt eine Prinzessin!

Gespannt warteten alle auf die Neuen. Am Montag waren sie da: Grit Berger und Andrea Harrach erschienen in der vierten Klasse.

Grit war ein zierliches kleines Mädchen. Ihre Haare und ihre Augen waren dunkel, die Haut bräunlich. Sie wirkte scheu, fast bedrückt.

„Anscheinend wieder einmal ein Problemmädchen“, flüsterte Jenny. „So etwas hat uns schon lange gefehlt.“

Problemmädchen – diesen Namen hatte Carla Hillmann

bekommen, weil sie sich nach ihrem Eintritt ins Internat zurückzog wie eine Schnecke in ihr Haus.

Keine hatte geahnt, wie unglücklich Carla in Wirklichkeit war und welche Sorgen sie sich um ihre schwer kranke Mutter machte. Ob diese Grit auch geheime Sorgen hatte und jeden Scherz, aber auch jede ehrliche Anteilnahme der Mitschülerinnen abblockte? Jenny war fest entschlossen, sich nicht mit ihr einzulassen.

Andrea war das genaue Gegenteil von Grit: ein hochgewachsenes, hübsches Mädchen mit langen blonden Haaren, die sie lachend zurückwarf, wenn sie ihr zu weit ins Gesicht fielen. Ihre blauen Augen blitzten. Die hatte bestimmt ihren eigenen Kopf!

„Du“, sagte Elli leise zu Hanni, die gerade mit ihr durch die Halle lief, als der Chauffeur die fünf Neuen hereinführte, „ich glaube doch, dass die Blonde da eine Prinzessin ist.“

„Blödsinn“, rief Hanni.

Aber Elli blieb mit ihrer Meinung nicht allein. „Andrea hat schon etwas Hoheitsvolles“, sagten manche. „Man braucht sie ja nur anzusehen. Die ist es gewöhnt, zu befehlen. Und wenn Frau Theobald von ihrem schweren Schicksal gesprochen hat ... Wer weiß, was dahintersteckt!“

„Vielleicht wurde ihr Vater umgebracht und die Familie musste fliehen?“ Das war eine Vermutung von Suse. Aber die hatte immer solche romantischen Einfälle und die meisten nahmen sie nicht ernst.

Es dauerte nicht lange, da sammelte sich ein kleiner Kreis von Bewunderinnen um Andrea. Katrin, Suse und Christel aus der Vierten gehörten dazu. Uschi aus der Dritten natürlich auch, ebenso ihre Freundin Heide und sogar ein paar aus der Fünften.

„Ihr Hofstaat", sagten die Zwillinge grinsend.

Ihre Cousine Elli war Andreas eifrigste Anhängerin. „Ihr braucht doch bloß an ihren Namen zu denken", sagte sie. „Harrach – klingt das nicht nach altem Fürstengeschlecht?"

„Ach, Elli, es hat keinen Zweck, mit dir über solche Dinge zu streiten. Du brauchst immer jemanden, den du vergöttern kannst!"

Besondere Leuchten im Unterricht waren die beiden Neuen keineswegs. Grit war zu schüchtern, um sich zu melden, obwohl sie die meisten Fragen richtig beantworten konnte, und Andrea war bodenlos faul.

Die anderen sahen erstaunt zu ihr hin, wenn sie in den Arbeitsstunden am Stift kaute, anstatt zu schreiben, oder die Nase in einen Schmöker steckte anstatt ins Geschichtsbuch. Auch im Sport war sie eine Null.

Grit dagegen taute beim Sport auf. Mit dem Schwimmen

war es jetzt allerdings vorbei. Die Herbsttage waren schon recht frisch und die Turnlehrerin wollte nicht, dass die Mädchen sich im Bad einen Schnupfen holten. Aber Grit spielte ausgezeichnet Tennis und besiegte fast alle anderen. Auch im Handball war sie gut, das gab sogar Marianne zu, die im Sport alle scharf kritisierte.

Vor allem merkte Lexa Kraus es bald. Sie war der neue Sportwart des Internats und immer auf der Suche nach guten Spielerinnen. Als sie zufällig hörte, wie gut Grit wieder einmal beim Handball abgeschnitten hatte, beobachtete sie die Neue beim Spiel. Wahrhaftig, sie schien ein Talent zu sein!

Lexa überlegte: In anderen Jahren hatten die Lindenhofer oft Freundschaftsspiele mit anderen Schulen ausgetragen. Durch die Umsiedlung nach Funkelstein waren diese Spiele im neuen Schuljahr ausgefallen. Warum sollten sie sie nicht nachholen? Die Eichenwaldschule hatte schon nachgefragt. Die hatten besonders gute Spielerinnen. Aber ohne tüchtige Sportlerinnen in der eigenen Mannschaft war das Risiko zu groß. Und Lexa selber war als Sportwart noch nicht routiniert genug. Freilich hatte sie mit ihrer Vorgängerin Linda schon lange zusammengearbeitet. Doch jetzt trug sie die Verantwortung.

„Ich muss sehen, dass ich ein Spiel einplanen kann“, hatte sie den Eichenwaldern zunächst gesagt. „Wir konnten bis jetzt noch gar nicht richtig trainieren.“

Nun aber sieht die Angelegenheit viel günstiger aus, dachte Lexa. Margret aus der Fünften ist beim Handball schon immer eine Wucht gewesen. In der Vierten spielen Katrin, Nanni und Marianne besser als der Durchschnitt. Und nun diese Grit … mit solchen Spielerinnen können wir es wagen. Die reißen auch die anderen mit.

Sie sprach mit der Sportlehrerin und machte einen Plan für die Übungszeiten. Sie stellte ihre Mannschaftsliste auf und sagte dann der Eichenwaldschule zu. „Aber bitte noch vor Weihnachten!“ Das war ihre Bedingung.

„Das ist eine tolle Ehre für dich“, versicherten die Mädchen aus der Vierten. Mit einem Mal war Grit interessant für sie.

„Anfang Dezember müssen wir fit sein, vergesst das nicht!“, schärfte Lexa ihrer Mannschaft nach dem ersten Spiel ein. Sie übten eifrig Werfen und Fangen, gaben den Ball schnell von Hand zu Hand oder sausten damit über den Sportplatz.

„Grit ist ein Schatz“, urteilte Hilda, die oft zuschaute. „Ich wette, dass sie das Spiel entscheidet. Zugunsten von Lindenhof natürlich! Die holt bestimmt ein paar Tore für uns heraus.“

Das aber war der einzige Wirbel, den Grit verursachte. Und Andrea ahnte zum Glück nicht, was die anderen von ihr dachten.

Als Jenny einmal laut spottete: „Hoheit geruhen heute wohl gar nicht zu arbeiten?“, da hielt Andrea das für eine von Jennys üblichen Bosheiten. Sie ließ es sich aber gern gefallen, dass die Mädchen ihr den Hof machten. Elli putzte ihr sogar einmal die Schuhe, als sie bei Regenwetter draußen im Schlamm herumgelaufen waren.

Zu Ellis Entsetzen bog ausgerechnet Bobby um die Ecke und beobachtete höhnisch ihren Freundschaftsdienst. „Es ist doch etwas Schönes, treue Untertanen zu haben!“, sagte sie.

Mit der Zeit wurde es still um die Neuen. Es gab andere Sorgen. Da war zum Beispiel die neue Lehrerin, Frau Merten, mit ihrer eigenartigen Methode. Sie gab in der Vierten Mathematik, ein Fach, das die meisten fürchteten. Frau Merten rief grundsätzlich jede Schülerin auf, die sich nicht meldete. Wer etwa zum Fenster hinausschaute oder in die Luft guckte, der kam bestimmt dran. Doch alle, die sich für die Stunde eifrig vorbereitet hatten, die übersah sie, auch wenn sie sich noch so oft meldeten. Ein paarmal ließen die Mädchen sich das gefallen. Aber dann bekamen sie Frau Mertens Methode spitz.

„Natürlich ist es ihr gutes Recht, jemanden aufzurufen, der ziemlich sicher nichts weiß“, sagte Petra, die Klassenbeste und wahrscheinlich auch die Fleißigste. „Aber ich finde, wenn man sich Mühe gibt und fleißig lernt, möchte man auch einmal drankommen.“

Die anderen waren der gleichen Meinung und so brüteten sie einen Plan aus. Als Frau Mertens das nächste Mal zur Mathematikstunde erschien, wunderte sie sich: Auf ihre Fragen meldeten sich Doris, Elli und Andrea, die sie bisher als schwache Schülerinnen kannte. Die anderen blickten wie verlegen vor sich hin und beobachteten scheinbar mit großem Interesse eine Krähe, die auf dem Dach herumspazierte.

„Hallo, du da", rief Frau Merten, „die Linke von den Zwillingen." Das war Nanni, die ihren Platz dicht am Fenster hatte und mit den Augen aufmerksam eine Fliege auf der Fensterscheibe verfolgte. Nanni wandte sich zur Lehrerin und beantwortete die Frage ausführlich und richtig.

Verwundert sah die Lehrerin sie an, dann holte sie Petra an die Wandtafel. Petra hatte mit dem Finger auf ihrer Bank herumgezeichnet. Sie erschien außerordentlich unaufmerksam. Aber jetzt ging sie rasch zur Tafel, ließ sich die Aufgabe diktieren und hatte in kürzester Zeit die schwierige Lösung erklärt und aufgeschrieben.

Nun wurde Frau Merten unsicher. Ihre altbewährte Methode schien an diesem Tag total zu versagen. Ob sie es einmal andersherum versuchte? Elli meldete sich lebhaft. Ihr stellte sie die nächste Frage. O Wunder: Elli antwortete sofort und die Antwort stimmte. So gescheit war die Klasse natürlich gewesen, dass sie auch die schwachen Mitschülerinnen gründlich vorbereitet hatte. Es durfte in dieser Stunde nichts schiefgehen.

Frau Merten wusste nicht, ob sie sich ärgern sollte, weil sie niemanden erwischte, der nichts wusste, – oder ob sie sich freuen konnte, weil alle tadellos mitarbeiteten. Sie entschloss sich, im Stoff weiterzugehen und diesmal nicht mehr abzufragen. In Zukunft rief sie die Mädchen nach einem Klassenspiegel auf, den Hilda auf ihre Bitte hin anlegte, und nun versuchte sie jede dranzunehmen, damit sie sich ein Bild von ihrem Können machen konnte.

Ein wirkliches Ärgernis waren die Erstklässler. Drei Wochen lang hatten sie sich in dem großen Bau als Alleinherrscher gefühlt und waren überall herumgekrochen. Nun waren die fünf Klassen eingezogen, die Lindenhof als ihre Heimat ansahen. Doch überall, wo die Großen ihre gewohnten Plätze im Hof oder im Park aufsuchten, immer krochen die Kleinen herum, störten sie und machten sich breit. Kurz: Die Kleinen benahmen sich wie lästige Mücken, derer die Größeren sich nur mit Mühe erwehren konnten.

Von der fünften und sechsten Klasse wurden sie am leichtesten gezähmt. Die hatten ja das Recht, die beiden untersten Klassen zu kleinen Dienstleistungen heranzuziehen. Das ging zuerst freilich auch nicht ohne Kämpfe ab, doch allmählich wurde es besser.

Aber die vierte Klasse besaß dieses Recht noch nicht. Und die „Zwerge“, wie sie sagten, nahmen sie deshalb gar nicht ernst und bewiesen ihnen das bei jeder Gelegenheit.

„Tobt hier nicht herum“, sagte Katrin. „Ihr habt auf unserem Flur überhaupt nichts zu suchen.“

„Aber ihr geht doch auch durch unseren Flur!“, widersprach so ein Wicht.

Und als Hanni zwei Kampfhähne aus der Ersten zu trennen versuchte und rief: „Schämt ihr euch denn gar nicht, sich zu raufen wie zwei Gassenjungen?“ – verbündeten sich die beiden plötzlich und streckten ihr die Zunge raus. Dann riefen sie aus entsprechender Entfernung: „Du kannst leicht schimpfen, bei dir weiß ja keiner, ob du's selber bist oder dein Zwilling.“

Es dauerte eine ganze Weile, bis die Jüngsten gelernt hatten, sich in das Internatsleben von Lindenhof einzufügen.

Eine der Neuen soll eine Prinzessin sein?

„Manchmal frage ich mich, was eigentlich mit Grit los ist", sagte Hanni eines Abends beim Schlafengehen. „Ewig schweigsam – wie hält sie das bloß aus?"

„Wir schafften es jedenfalls nicht", erwiderte Nanni lachend. Aber sie wurde gleich wieder ernst. „Du hast schon recht, Grits Schweigsamkeit ist geradezu beängstigend."

„Sie erschrickt auch bei jeder Kleinigkeit", fuhr Hanni fort. „Ich habe in der Klasse ein paarmal beobachtet, wie sie bei jedem lauten Geräusch zusammenfuhr. Als gestern die beiden Düsenjäger über den Himmel tobten, duckte sie sich sogar."

„Was ihr bloß habt", meinte Elli gähnend. „Sie ist einfach eine langweilige Person. Ich wüsste gar nicht, worüber ich mich mit ihr unterhalten sollte."

„Darüber brauchst du dir nicht den Kopf zu zerbrechen!", versicherte Nanni.

Die Schwestern aber beobachteten von nun an Grit genauer. Wie Hanni gesagt hatte: Das Mädchen war sehr furchtsam. Ob eine Tür schnell zuschlug, ob der Wind eine Gardine vor einem offenen Fenster aufbauschte und ins Zimmer wehte, ja sogar wenn Jenny einen ihrer berüchtigten Nieser losließ – Hatschi-hatschi-i-i, so fünf-, sechsmal hintereinander –, dann zuckte Grit zusammen und ihre Hände zitterten. Sprach jemand sie unvermutet an, guckte sie mit großen erschrockenen Augen.

„Das Mädchen ist wahrscheinlich ein Angsthase!", urteilte Nanni.

Aber Grit tat den Zwillingen leid, und sie versuchten manchmal, mit ihr zu reden.

„Gefällt es dir hier und hast du dich schon ein bisschen eingelebt?", fragten sie. „Hast du Lust, mit uns durch den Park zu laufen?"

Zuerst ging Grit nur scheu auf solche Versuche ein. Allmählich wurde sie zutraulicher. Sie schien froh zu sein, wenn sie mit den Zwillingen sprechen konnte, auch wenn es um ganz alltägliche Dinge ging. Sie kam schließlich sogar von selber, wenn ihr bei einer Aufgabe etwas unklar war, und das hielten die beiden für ein erfreuliches Zeichen.

Verwundert beobachteten die Freundinnen, wie die Zwillinge und Grit miteinander redeten und oft zusammensaßen.

„Was findet ihr bloß an der grauen Maus?", fragte Bobby neugierig.

„Finden? Sie tut uns einfach leid. Wenn eine von uns plötzlich in eine fremde Umgebung geraten würde, wäre das auch nicht gerade lustig“, versuchten sie zu erklären.

Doch Carlotta war anderer Meinung: „Das ist schließlich jedem von uns einmal passiert. Aber ich glaube nicht, dass ich mich so angestellt habe wie ... wie ...“, sie suchte nach einem passenden Vergleich.

„... wie ein scheues Reh“, sagte Bobby. Doch der Ausdruck schien ihr allzu poetisch, „... wie ein krankes Kalb“, sagte sie endlich. Die anderen lachten. Die Zwillinge zuckten mit den Schultern. „Denkt, was ihr wollt.“

Hilda war die Einzige, die mit ihnen einer Meinung war. „Grit hat bestimmt großes Heimweh“, sagte sie, „und wen das erst einmal erwischt hat, dem geht es mies.“

Langsam und erst fast unmerklich entstand eine Kluft zwischen den Freundinnen. Vielleicht fiel das den meisten gar nicht so auf. Aber die Zwillinge spürten es, wenn Bobby oder Carlotta nicht mehr so oft wie sonst zu ihnen kamen oder Jenny eine ihrer boshaften Bemerkungen gegen sie losließ. Das bekümmerte die Schwestern. Es kam vor, dass sie sich fragten: „Ist es das wert, dass wir unsere Freundschaft mit den anderen aufs Spiel setzen?“ Manchmal war ihnen geradezu unbehaglich zumute und sie wären gern von sich aus zu den anderen gegangen, um die alte Freundschaft zu retten. Ihr Stolz ließ es dann doch nicht zu. Und die anderen dachten gar nicht daran, den ersten Schritt zu tun. Immer war die Fremde bei den Schwestern, da hielten sie sich lieber ein wenig abseits.

Im Unterricht wurde die Klasse ordentlich rangenommen. Da erging es ihnen nicht besser als den übrigen Klassen. Während der Wochen auf Funkelstein waren die Zügel manchmal doch recht locker gelassen worden. Nun musste ein schnelleres Tempo angeschlagen werden, um das Versäumte nachzuholen. In der vierten Klasse wurde ohnehin mehr verlangt. Mamsell quälte sie unerbittlich mit schwierigen Übersetzungen. Sie ruhte nicht eher, bis auch Elli und Doris, die Schwächsten der Klasse, die Aufgaben tadellos ablieferten. Entzückt war sie eines Tages von Grit. Es stellte sich heraus, dass Grit fließend Französisch sprechen konnte.

„Wo hast du das gelernt, meine Liebe?“, fragte Mamsell.

Die Klasse horchte auf. Würden sie bei dieser Gelegenheit endlich einmal etwas über Grits Vergangenheit erfahren? Aber nein – blutrot stand das Mädchen da und stotterte dann: „Zu Hause. Wir haben oft Französisch gesprochen.“ Mehr bekam Mamsell nicht aus ihr heraus, obwohl sie recht neugierig war und immer wieder versuchte, etwas zu erfahren. Grit tat es aber gut, dass sie jetzt auch in einem Unterrichtsfach glänzte, nicht bloß im Sport. Weil die Zwillinge und Hilda ihr halfen, kam sie in den übrigen Fächern ebenfalls besser voran. Sie blieb freilich still, meldete sich kaum und wirkte nach wie vor sehr scheu.

Andrea hatte sich ebenfalls nicht geändert. Sie war und blieb der Star ihres Gefolges und sie blieb faul. So stinkfaul, dass die anderen sich manchmal über sie ärgerten. Sie bekam deshalb ständig Vorwürfe von den Lehrerinnen zu hören. Aber wenn sie Strafarbeiten machen sollte, vergaß sie das. Es machte noch nicht einmal Eindruck auf sie, als Frau Theobald sie zu sich rufen ließ und mit ihr redete.

„Da seht ihr es", hieß es dann wieder, „sie muss wirklich eine Prinzessin sein, weil sie es gar nicht nötig hat zu lernen."

„Eine komische Auffassung", brummte Bobby. „Eurer Meinung nach ist Dummheit ein Vorrecht von Prinzessinnen. Dann haben wir noch ein paar mehr von der Sorte in Lindenhof."

Mit Mamsell hatte Andrea einen gewaltigen Krach. „Méchante fille!", schrie die temperamentvolle Lehrerin erbost. Zum Glück verstand Andrea gar nicht, dass sie als „boshaftes Mädchen" bezeichnet wurde. Sie lieferte die Strafarbeit nicht ab, zu der Mamsell sie verdonnerte, sie erschien auch nicht, um eine Extrastunde nachzusitzen, und am Schluss gab die Lehrerin sie völlig auf. Das war bei ihr noch niemals vorgekommen. Die Klasse staunte.

„Gewiss hat Frau Theobald ihr einen Wink gegeben, dass sie Andrea so etwas nicht zumuten darf“, sagte die unbelehrbare Elli und sie fuhr fort, ihre Prinzessin zu hofieren.

Andrea war noch nicht einmal erstaunt über die Ergebenheit ihrer paar Getreuen. Sie lieh sich deren Hefte aus, um Aufgaben abzuschreiben, und sie schickte sie zu kleinen Einkäufen. Mit freundlichem Lächeln und einem huldvollen „Wie lieb von dir – danke“ belohnte sie jeden Dienst. Manchmal kam Post für sie und ihre Anhängerinnen rissen sich förmlich darum, ihr die Briefe zu bringen, die meist ausländische Marken und Stempel trugen. Doch sie erfuhren nichts. Andrea steckte die Briefe ein, dankte und ging weg.

Und dann tauchte eines Tages noch eine Neue in Lindenhof auf: Dany Lucius. Sie kam nicht in die Vierte, sondern in die Fünfte. Aber weil das dritte Bett bei Grit und Andrea noch frei war, musste sie zu ihnen ziehen.

Dany war ein komisches Mädchen. „Hallo, ihr Lieben“, so führte sie sich ein. „Ich höre, ihr habt in eurem Zimmer noch Raum für ein armes zugereistes Menschenkind. Darf ich hoffen, dass ich Gnade vor euren Augen finde?“

„Red nicht so viel“, unterbrach Andrea Danys Frotzeleien. „Erzähl lieber, wieso du jetzt erst auftauchst, fast acht Wochen nach Schulbeginn.“

„Ach, das ist eine lange Geschichte“, antwortete Dany. „Sie wird euch unwahrscheinlich vorkommen, obwohl ich sie mit zahlreichen Zeitungsberichten beweisen kann.“

„Nun schieß schon los“, sagte Andrea ungeduldig.

Da klopfte es. Elli erschien. Sie war neugierig, was diese Neue wohl für ein Mensch war. Außerdem hatten die Zwillinge sie gebeten, Grit zu ihnen zu schicken.

Grit ging sofort, sie war nicht begierig, Danys Geschichte zu hören. Als sie die Tür hinter sich geschlossen hatte, sagte Andrea: „Gut, dass sie draußen ist. Ich war ihretwegen heute bei der Hausmutter und habe mich beschwert. Dir sage ich es gleich, Dany: Sie lässt einen nicht in Ruhe schlafen.“

„Wieso? Redet sie so viel?“

„Sie träumt lautstark. Urplötzlich fängt sie mitten in der Nacht an zu weinen und redet unverständliches Zeug. Es geht wie ein Wasserfall. Wenn du sie tagsüber erlebst, wirst du das kaum glauben.“

„Ach“, sagte Dany, „das wird mir wenig ausmachen. Wenn ich schlafe, schlafe ich.“

„Dann bist du besser dran als ich“, war Andreas Antwort. „Ich habe da eine weniger dicke Haut.“

„Ach, du hörst mit der Haut?“, meinte Dany grinsend. „Da bist du ja was ganz Besonderes.“

„Das sowieso!“ – Andrea warf den Kopf zurück. Elli aber

dachte: Klar ist sie das! Schade, dass die anderen das nicht gehört haben! „Aber jetzt erzähl mal, Dany! Woher kommst du?“

Elli spitzte die Ohren.

„Also gut: Es gibt da im Süden von Portugal eine Insel. Darauf lebte eine alte Dame, die einem alten Grafengeschlecht angehörte. Irgendwann einmal war einer ihrer Vorfahren von einem portugiesischen Fürsten mit der Insel belehnt worden. Inzwischen gibt es das alles nicht mehr. Aber die gute Alte saß auf ihrer Insel und ging nicht fort. Von Zeit zu Zeit schickte irgendeine Behörde die Aufforderung, das Gut aufzugeben. Sie selber konnte dafür ja nicht mehr arbeiten, denn sie ging schon auf die Hundert zu. Doch sie fühlte sich als Letzte ihres Geschlechtes und wollte nicht auf ein Recht verzichten, das ihrer Familie einmal zugestanden worden war.“

„Und was hast du damit zu tun?“

„Ach, mein Vater war früher lange bei Tante Isabell – so nannten wir sie – und half ihr. Vor wenigen Tagen ist sie gestorben. Meine Eltern mussten hinfliegen. Ich flog mit. Die Beerdigung war eine große Sache. Obwohl sich kaum jemand um Tante Isabell gekümmert hatte, solange sie lebte – nun kamen sie alle. Große Tiere, sage ich euch! Dann wollten wir zurückfliegen. Aber der Rechtsanwalt ließ meine Eltern nicht fort. Tante Isabell hatte so allerhand merkwürdige Punkte in ihrem Testament, die müssen noch geklärt werden. Damit ich nun nicht allein durch die Weltgeschichte zapple, hat meine Mutter Frau Theobald angerufen. Sie kennt sie schon lange. Und da bin ich."

Ellis Augen waren bei dieser Geschichte immer größer geworden. War das nun in Wirklichkeit die Prinzessin? Sie betrachtete die beiden Mädchen. Andrea wirkte viel fürstlicher, daran gab es keinen Zweifel. Dany sah nach gar nichts Besonderem aus: Sie war rundlich, hatte aschbraunes Haar und lustige braune Augen, doch nichts Apartes wie Andrea. Dafür war ihre Geschichte, die ja reichlich seltsam klang, unvergleichlich viel aufregender.

„Bist du ...", fragte Elli zögernd, „bist du vielleicht so was Ähnliches wie eine Fürstentochter, Dany?"

Andrea und die Neue sahen sie erstaunt an. Sie begriffen nicht, was Elli sich da zusammenreimte.

„Eine Fürstentochter?", wiederholte Dany. Aber dann blitzte es in ihren Augen. Diese Elli schien ganz schön dämlich zu sein! Und wenn sie dann für dumm verkauft wurde, war sie selber dran schuld. Dany trat von einem Fuß auf den anderen und mimte die Verlegene. „Ach – das kann man nicht direkt sagen. Ich möchte auch nicht, dass ihr davon sprecht", meinte sie bescheiden und dachte heimlich: Die dumme Trine wird es schon weitertragen! Und wenn es ihr

Spaß macht, mich für eine große Dame zu halten, dann soll sie nur!

Elli befand sich in einer Zwickmühle: Wer von den beiden verdiente ihre Bewunderung nun wirklich?

Steckt ein Geheimnis hinter den Neuen?

Während Dany ihre seltsame Geschichte zum Besten gab, waren Hilda und die Zwillinge bei Frau Theobald. Sie hatten Grit gerade noch sagen können, dass sie plötzlich zu der Direktorin gerufen worden waren. Grit sollte auf sie warten.

Die Direktorin hatte die drei freundlich begrüßt und erklärte dann: „Ich muss etwas mit euch besprechen, eine heikle Sache, und ich bitte euch herzlich, diese Unterredung geheim zu halten. Es handelt sich um Grit. Ihre Zimmergenossin Andrea hat sich bei der Hausmutter beklagt. Sie kann schlecht schlafen, weil sie oft von Grit gestört wird. Das Mädchen schreit im Traum, weint laut und redet viel. Andrea soll wieder in Ruhe schlafen können. Grit möchte ich sowieso lieber woanders hintun. Ihr drei seid verständige Mädchen. (Die drei Verständigen erröteten bei diesem unverhofften Lob.) Soviel ich weiß, kümmert ihr euch auch manchmal um Grit, die – das sage ich euch im Vertrauen – es schwer hat. Wollt ihr sie in eurem Zimmer aufnehmen? Elli muss dann freilich mit ihr tauschen und zu Andrea ziehen. Was haltet ihr davon?“

Ja, das war eine gute Lösung! Die drei nickten. Nanni rief vorlaut: „Da wird Elli aber glücklich sein, wenn sie bei ihrer angebeteten Prinzessin wohnen darf."

Frau Theobald sah sie erstaunt an. „Prinzessin? Was meinst du damit?"

„Ich wollte nur ... es war bloß ein dummes Gerede."

„Nun erzähl schon!", drängte Frau Theobald.

Hilda gab sich einen Ruck und berichtete: „Ach, da hat eine besonders Kluge herausgefunden, dass Andrea eine Prinzessin ist. Wir glauben nicht daran, aber für Elli ist es eine ausgemachte Sache. Sie wissen ja, wie Elli ist. Jetzt vergöttert sie Andrea."

Zuerst hatte die Direktorin erstaunt zugehört. Nun lachte sie plötzlich. „Prinzessin Andrea! Eine köstliche Vorstellung. Ich kann mir denken, dass Andrea sich für eine solche Rolle großartig eignet." Sie lachte noch mehr und schien plötzlich erleichtert. „Also, bringt Elli die Freudenbotschaft! Ich bin richtig froh, dass das Problem so einfach zu lösen ist. Und euch dreien danke ich, dass ihr euch um Grit kümmert. Sie ist ein armer Kerl und kann eure Freundschaft weiß Gott gebrauchen."

Das war ein kleiner Trost für die Zwillinge. Denn es bekümmerte sie doch sehr, dass sich ihre Freundschaft mit den anderen durch die Beziehung zu Grit so abgekühlt hatte.

Sie stürmten in ihr Zimmer. Grit wartete geduldig.

„Weißt du das Neueste?“, riefen sie ihr entgegen. „Du sollst mit Elli tauschen und zu uns übersiedeln. Frau Theobald möchte das.“

Einen Augenblick lang strahlte Grit. Dann fragte sie ängstlich: „Aber eure Cousine? Wird sie nicht enttäuscht sein?“

„Darüber mach dir keine Gedanken. Elli fühlt sich von uns oft bevormundet und mit Andrea ist sie ein Herz und eine Seele. Bitte geh jetzt rüber und pack deine Sachen zusammen. Wahrscheinlich ist Elli noch dort. Erzähl ihr nichts. Bitte sie aber, zu uns zu kommen, weil wir ihr etwas von Frau Theobald ausrichten müssen.“

Mit ausgebreiteten Armen und schmelzendem Lächeln ging Nanni auf ihre Cousine zu, als diese erwartungsvoll ins Zimmer kam. „Elli, dir widerfährt ein unglaubliches Glück“, rief sie salbungsvoll. „Du bist zu Großem ausersehen.“

Der armen Elli wurde bei dieser Begrüßung himmelangst. „Was meinst du?“, fragte sie.

„Du sollst hinüberziehen zu deiner angebeteten Prinzessin, darfst ihr in Zukunft Tag und Nacht dienen und ihr das Himmelreich auf Erden bereiten.“

Elli machte sich aus Nannis Armen frei. „Was redest du da für dummes Zeug?“

Hilda und Hanni hatten lachend zugehört. Dann sagte Hilda: „Elli, im Ernst. Frau Theobald bittet dich, das Zimmer mit Grit zu tauschen. Grit und Andrea passen nicht so gut zusammen, und Frau Theobald meinte, dass du dich viel besser mit Andrea verstehen wirst."

Das war Musik in Ellis Ohren! „Wann soll ich umziehen?"

„Sofort! Wir haben Grit schon gesagt, dass sie das Zimmer drüben räumen muss. Sie packt gerade ihre Sachen zusammen und du tust am besten das Gleiche."

„Hilda, du bist die geborene Diplomatin", sagte Hanni leise. „Du hast es der Elli sehr geschickt beigebracht." Sie lachten sich beide an.

Elli hatte noch nie mit solchem Feuereifer gepackt. In Windeseile schichtete sie Wäsche und Bücher in den Koffer, riss die Kleider aus dem Schrank, warf die Schuhe in den Campingbeutel und schleppte alles nach und nach hinüber in das Zimmer am anderen Flurende. Hanni und Nanni halfen ihr und nahmen auf dem Rückweg gleich einen Teil von Grits Sachen mit. In einer halben Stunde war der Umzug beendet.

Wovon die drei nichts wussten, war der Wandel in Ellis Stimmung. Zuerst hatte sie sich wie verrückt gefreut, dass sie zu Andrea ins Zimmer kam. Dann aber stiegen die Zweifel wieder in ihr auf, die bei Danys Bericht begonnen hatten. Wer war nun die richtige Prinzessin?

Die arme Elli! Wie glücklich wäre sie einen Tag früher über

ihren Umzug gewesen, als es für sie noch keine Dany gab. Nun wusste sie nicht: Sollte sie nach wie vor Andrea als heimliche Fürstin bewundern oder sich lieber an Dany halten? Sie wurde von dieser Frage hin- und hergerissen. Andrea war wie immer hoheitsvoll lieb und nett, ließ sich helfen und bewundern wie bisher. Dany aber war frech. Sie sagte einfach: „Bring mir doch mal dies mit und hol mir das! Nimm meine Briefe mit zum Postkasten. Besorg mir Seife, putz mir die Schuhe!" Sie sagte es mit großer Selbstverständlichkeit und Elli wagte nicht zu widersprechen. Das Schlimmste war: Die anderen merkten es auch, doch die begriffen nicht, warum sie der Neuen jeden Wunsch von den Augen ablas. Und sie konnte ihnen doch nicht verraten, warum sie es tat. Sie wusste ja selber die Wahrheit nicht! Es war das reinste Sklavendasein, in das sie geraten war.

Plötzlich fand Dany, dass sie gar nicht standesgemäß untergebracht war. Andrea grinste, als sie das hörte: „Wohnst du sonst in einem Schloss?"

„Jedenfalls bin ich aus dem Schloss von Tante Isabell hergereist", sagte Dany herausfordernd und sah neugierig zu Elli hinüber. Welchen Eindruck das wohl auf sie machte?

Elli hob den Kopf und nickte zustimmend. „Ich weiß, du bist es sicher nicht gewohnt, mit anderen zusammen zu schlafen."

„Richtig“, sagte Dany, „und ich werde das ändern.“

Sie winkte Elli. „Komm, wir rücken den Schrank anders. Mein Bett kommt hinüber an die Wand. Der Schrank soll in der Mitte stehen. Dann ziehen wir einen Vorhang bis zur anderen Wand und ich habe wenigstens eine Einzelkabine.“

„So ein Unsinn“, knurrte Andrea und ging hinaus.

Elli aber tat mit Feuereifer, was Dany anordnete. Sie suchte im Dorfladen nach einem leichten Vorhangstoff und beschaffte vom Hausmeister eine lange Stange. Sie schleppte auch ein paar hübsche Bilder an, um Danys Kabine damit zu schmücken.

Die Hausmutter erfuhr von dem „Umbau“, sah sich das Zimmer an und ging sofort zu Frau Theobald.

„Solche neuen Moden wollen wir doch nicht einführen“, sagte sie. „Sind Sie da meiner Meinung?“

„Das bin ich, Hausmutter“, meinte Frau Theobald. „Aber in diesem besonderen Fall bitte ich Sie: Lassen Sie Dany Narrenfreiheit! Sie wird ohnehin nicht lange hierbleiben. Ich möchte vermeiden, durch Verbote die Mädchen in Unruhe zu versetzen. Je weniger wir uns um solche Dinge kümmern, desto sicherer bin ich, dass kein Wirbel daraus entsteht.“

„Na, ich weiß nicht“, brummte die Hausmutter. „Vielleicht finden andere nun auch, dass sie ihre Zimmer schöner einrichten müssen, und räumen um.“

„Lassen Sie es darauf ankommen“, sagte die Direktorin begütigend. „Vielleicht haben wir Glück.“

So behielt Dany ihren Willen.

Übrigens hatte Andrea mit ihrer Beschwerde durchaus recht gehabt: Grit schlief unruhig und die drei anderen im Zimmer schreckten manchmal auf. „Nicht! Nicht!“, rief sie einmal. „Mutti, bleib hier!“ Und sie redete dann in einer fremden Sprache, von der kein Wort zu verstehen war. Einmal fuhr sie mit einem so lauten Schrei hoch, dass ihre Zimmerkameradinnen aus den Betten sprangen.

„Was hast du, Grit?“, fragten sie.

„Verzeiht, ich muss geträumt haben“, antwortete Grit. „Es tut mir leid, dass ihr wach geworden seid.“

Zum Glück schliefen alle bald wieder ein. Doch heimlich überlegten die Freundinnen: Was war mit Grit los? War sie es, von deren schwerem Schicksal Frau Theobald damals gesprochen hatte – vorausgesetzt, dass Uschi auf ihrem Lauscherposten richtig verstanden hatte? Und stimmte dann ihr Bericht von einer angeblichen Fürstentochter?

„Ich glaube es nicht“, sagte Hanni. „Das klingt alles sehr romantisch und abenteuerlich. Das passt nicht nach Lindenhof und auch nicht zu Frau Theobald!“

Ein großartiges Fest wird vorbereitet

Es war inzwischen November geworden. Eines Tages sagte Frau Jenks zur Klasse: „Wir müssen etwas miteinander besprechen, das einstweilen ein Geheimnis bleiben soll. In den anderen Klassen ist es genauso."

Nanu? Vor wem sollte es dann ein Geheimnis bleiben?

Frau Jenks sah in die erwartungsvollen Gesichter und lächelte. „In diesem Monat, am achtundzwanzigsten, wird Mamsell fünfzig Jahre. Durch einen Zufall haben wir das jetzt erfahren. Ich denke, ihr mögt eure Französischlehrerin, auch wenn ihr ihr im Laufe der Jahre das Leben manchmal recht schwer gemacht habt."

Sie stimmten lachend zu. „Nun haben wir – die Direktorin und das Kollegium – uns gedacht, dass wir sie mit einer großartigen Geburtstagsfeier überraschen wollen. Dazu brauchen wir eure Hilfe. Denkt einmal nach, was ihr beitragen könnt. Soviel ich weiß, werden die unteren Klassen französische Lieder und Gedichte einüben. Von den Plänen der Fünften und Sechsten habe ich noch nichts gehört. Wahrscheinlich erfahren sie, geradeso wie ihr, erst heute davon. Ich möchte, dass ihr selber etwas vorschlagt. Überlegt bis morgen und lasst uns dann weiterreden."

Im Gemeinschaftsraum der Vierten ging es an diesem Nachmittag noch lebhafter zu als sonst.

„Wir können alle Streiche vorführen, die wir Mamsell im Laufe der Zeit gespielt haben", schlug Jenny vor.

Aber die meisten fanden das albern und lehnten Jennys Vorschlag ab.

Jenny verzog das Gesicht, aber sie widersprach nicht, auch nicht, als Petra sagte: „Damit würden wir sie nur bloßstellen, und das an ihrem Geburtstag! Wäre es nicht viel besser, wir würden ein Gedicht auf sie machen? Doris muss es vortragen. Dabei macht sie Mamsell nach."

„Und ihr anderen?", fragte Doris. „Ihr amüsiert euch und ich muss büffeln."

„Na, Doris, das ist doch eine gute Gelegenheit, endlich mal was zu lernen!", rief Carla.

„Und wenn schon", widersprach Doris, „ich finde, dass die ganze Klasse beteiligt sein muss."

„Wir können ja auch Gedichte aufsagen – mit verteilten Rollen", schlug Hanni vor.

„Och, wenn die Kleinen schon Gedichte herunterleiern ..."

Aber Carlotta rief: „Rollen! Das ist das Stichwort! Kinder, wir führen ein Stück auf, ein französisches natürlich! Mamsell wird begeistert sein."

Sie schrien alle durcheinander, so entzückt waren sie von diesem Vorschlag. Nur welches Stück sollten sie nehmen? Stand keines im französischen Übungsbuch? Ach – nur so ein Allerweltsdialog, nichts Lustiges. Viele Rollen mussten es sein, damit sich die ganze Klasse beteiligen konnte.

„Ob wir Frau Jenks um Rat fragen?", meinte Hilda schließlich.

Sie wollten sich schon mit diesem Vorschlag zufriedengeben, da schrie Jenny – und ihre Stimme überschlug sich fast vor Eifer: „Ich weiß was, ich weiß was!" Sie musste erst einmal tief durchatmen, so sehr hatte ihre eigene Idee sie überrascht. Dann sagte sie: „Zu Hause wurde einmal in einem Verein ein lustiges Stück nach einem Märchen von Andersen aufgeführt. Dafür sind viele Personen nötig. Den Text kann ich mir sofort schicken lassen, wir müssen ihn bloß ins Französische übersetzen."

Sie hielt inne, betrachtete vergnügt die gespannten Gesichter. Bobby drängte sie: „Nun sag schon: Was für ein Stück ist es?"

Da schmetterte sie den anderen laut entgegen: „Die Prinzessin und der Schweinehirt!"

Einen Augenblick war es still, dann brach ein solcher Jubel los, dass die Zeichenlehrerin, die gerade vorbeiging, die Tür öffnete, um nach den Schreiern zu sehen. Aber als sie die vergnügten Gesichter sah, schloss sie die Tür gleich wieder. In diesen Tagen waren die Mädchen ja alle am Planen, das wusste sie ... und ging lächelnd weiter.

Es dauerte lange, bis die Klasse sich beruhigte. Nur die Neuen begriffen natürlich gar nichts. Vielleicht kannten sie das Märchen nicht und den Witz des Vorschlags konnten sie erst recht nicht erfassen, weil sie nichts wussten von der Prinzessin, die in vielen Gemütern herumspukte.

„Wer soll die Prinzessin sein?", fragte Bobby schließlich.

„Andrea natürlich", rief Elli und es war das erste Mal, dass ihr niemand widersprach oder ihren Vorschlag belächelte. Andrea, das hoch gewachsene Mädchen mit den langen blonden Haaren, war wie geschaffen für diese Rolle.

„Was muss ich dabei tun?", fragte sie.

„Dich küssen lassen – vom Schweinehirten."

„Und wer ist das?"

Ja – wer? Groß musste er sein, groß und kräftig. Sie entschieden sich für Marianne, die auch einverstanden war. Alle übrigen wurden zu Hofdamen ernannt. Nur Carlotta musste den alten König spielen, den Vater der Prinzessin.

Jenny telefonierte noch am gleichen Abend nach Hause

und bat ihre Mutter, ihr den Text zu schicken. Doch wer sollte ihn ins Französische übertragen?

„Gemeinschaftsarbeit", schlug Hilda vor. „Vielleicht kann Frau Jenks uns helfen und die Übersetzung dann verbessern."

„Grit kann es auch", sagte Hanni.

Frau Jenks, der sie am nächsten Morgen von ihrer tollen Idee erzählten, war sehr angetan – obwohl auch sie die Anspielung auf die Prinzessin nicht verstand. Am nächsten Tag war der Text da, drei Tage später die französische Fassung, ein Gemeinschaftswerk von Petra und Grit. Viel zu lernen gab es nicht. Sie hatten nur ein Teilstück des Märchens für die Aufführung ausgewählt. Das meiste sollte eine Sprecherin schildern und diese Sprecherin, die also die Geschichte zwischen den Szenen immer weitererzählen musste, hatte als Einzige einen längeren Text. Die Rolle war Hilda zugefallen. Aber Frau Jenks sagte ihr gleich: „Du brauchst den Text nicht auswendig zu lernen, sondern kannst ihn ablesen."

Sie hatten die alte Geschichte auch ein bisschen abgeändert, ein wenig moderner erzählt.

Die Hauptsache waren nun noch die Kostüme. Für den Schweinehirten und den König ließ Jenny sich von daheim Anzüge ihres Bruders schicken. Die Hofdamen baten ihre Mütter um schicke Abend- oder Ballkleider.

Andrea klagte: „Was soll ich anziehen? Ich kann mir nichts schicken lassen, weil meine ganze Familie im Ausland ist."

Frau Jenks wusste Rat: Sie sprach mit ein paar von den Großen, die etwa Andreas Figur hatten, und so bekam Prinzessin Andrea schließlich ein schönes blaues Samtkleid, das zu ihren Haaren und ihren Augen wunderbar passte. Auch ein Krönchen aus Goldpapier wurde für sie gebastelt.

Die Mädchen probten voller Eifer und waren mit großer Begeisterung dabei. Trotzdem schien etwas zu fehlen, etwas, das dem Spiel für diese Feier erst den richtigen Pfiff verlieh. Bobby brachte das Thema am nächsten Tag zur Sprache.

„Immer diese Meckereien", nörgelte ihre Freundin Jenny. „Dann sag bitte, wie wir es ändern können." Das wusste Bobby jedoch auch nicht. Aber Doris wusste Rat.

Bei der nächsten Probe, als die Hofdamen wieder entsetzt tuschelten: „Jetzt verlangt der Schweinehirt schon hundert Küsse!", da fing sie plötzlich zu zetern an, warf die Arme in die Luft und tobte herum – ein getreues Abbild von Mamsell!

Bei den anderen fiel der Groschen. Sie lobten Doris, umarmten sie und klopften ihr auf die Schultern. Das war's, das war der Clou des Ganzen: Mamsell als eine der Hofdamen, die sich maßlos aufregte und die von Doris unverkennbar dargestellt wurde. Nur ein paar Redensarten fehlten ihr noch, ein paar französische natürlich. Aber die fanden sich schnell.

„Das Tüpfelchen auf dem i!“, rief Hanni und fing an zu klatschen. Die anderen klatschten tüchtig mit. Frau Jenks erfuhr nichts von dieser Sondereinlage; die sollte auch für sie eine Überraschung werden.

Elli lässt sich ausnutzen

„Ist euch eigentlich aufgefallen, wie abgespannt und müde eure Cousine jetzt immer aussieht?“, fragte Hilda die Zwillinge eines Morgens, als sie ihr Zimmer aufräumten.

Sie erschraken. „Elli? Was kann denn mit ihr sein? Ob sie krank ist? Wir müssen uns um sie kümmern“, sagten beide.

Beim Frühstück beobachteten sie Elli. Wahrhaftig – Hilda hatte recht! Elli sah ganz verändert aus. Sie gingen danach zu ihr. „Hallo, Elli, dich bekommt man gar nicht mehr zu Gesicht. Was ist mit dir?“

„Ach danke, alles in Ordnung“, antwortete Elli und lächelte. Aber dieses Lächeln wirkte gequält.

„Hast du zu viel für die Schule gearbeitet?“, fragte Hanni, doch dann fiel ihr ein, dass Elli im Unterricht noch schlechter stand als sonst.

„Hör mal“, sagte Nanni plötzlich, „arbeitest du etwa für diese Andrea, deine Prinzessin? Dann lass das lieber sein. Sie ist bestimmt nichts Besonderes – jedenfalls nicht so, dass du dich für sie zu Tode schuften musst.“

„Aber das tue ich doch gar nicht!“, rief Elli. „Andrea ist sehr lieb und nett. Keine Rede davon, dass sie mich etwa ausnutzt.“

„Was ist es dann?“, bohrte Hanni weiter. „Du bist so verändert. Hilda hat es zuerst entdeckt, aber wir merken es auch.“

„Ach, lasst doch“, wehrte Elli ab und lief weg.

Als ob die Zwillinge sich so leicht zufrieden geben würden! Sie beobachteten Andrea, verfolgten sie und Elli auf Schritt und Tritt, wenn sie zusammen gingen oder standen. Doch sie fanden nichts, was Ellis Veränderungen erklären konnte. Im Gegenteil: Andrea schien gar nicht so übel zu sein. Dass man ihr zu viel andichtete, dafür konnte sie nun wirklich nichts. Sie selber hatte ja nie behauptet, eine Prinzessin zu sein.

Das also war es nicht – aber was dann?

Als sie es gar nicht herausfanden, gingen sie in das Zimmer hinüber, in dem Elli schlief.

„Ja, wie sieht es denn bei euch aus?“, war Hannis erste Frage, als sie auf Andreas „Herein“ die Tür öffneten. Dany war nicht da, dafür stand Elli in deren „Kabine“ und – richtete Danys Bett.

„Schläfst du dort hinten?“, fragte Hanni die Cousine.

„Nein, Dany.“

„Und du machst ihr das Bett? Ja, ist dir denn noch zu helfen? Warum tust du das?“

Andrea lachte. „Elli findet Gefallen an Sklavendiensten. Wenn ihr wüsstet, was sie für das gnädige Fräulein alles erledigen muss ... Mir sträuben sich oft die Haare. Aber wenn sie selber sich nicht wehrt, warum soll ich mich einmischen?"

Die Zwillinge nickten. Natürlich war es Ellis eigene Dummheit. Doch warum tat sie das?

„Komm mit, Elli, wir müssen herausfinden, wieso du dich derart herumkommandieren lässt."

„Ach, lasst mich! Schließlich ist das meine Sache."

„Nicht ganz. Du bist unsere Cousine, und wenn du krank wirst, kriegen wir Vorwürfe von deiner Mutter, weil wir uns nicht genügend um dich gekümmert haben. Mit Recht!"

„Hört mal!", mischte Andrea sich noch einmal ein. „Den eigentlichen Grund kenne ich auch nicht, warum Elli sich all das gefallen lässt. Aber diese Dany ist einfach frech. Hol mir das mal! Näh den Knopf an! Bügle mir die Bluse! Den ganzen Tag geht das so. Elli hat sich nie dagegen gewehrt. Vom ersten Tag an hat sie brav alles gemacht, was dieses freche Stück ihr angeschafft hat."

„Da muss etwas geschehen", sagte Hanni.

Sie erkundigten sich bei Tessie, die wie Dany auch in der Fünften war. „Ach die", sagte Tessie lachend, „die ist bodenlos frech. Dumm ist sie nicht, sie kommt gut mit. Aber eine Angeberin – sage ich euch! Manchmal macht sie geheimnisvolle

Andeutungen … von einer Tante Isabell, die eine Herzogs- oder Grafentochter ist, und von einem Schloss, in dem sie bei ihr wohnte … Wir lachen sie aus, wenn sie davon anfängt. Warum fragt ihr?"

„Nur so", antwortete Nanni, die ihre Schwester längst bedeutungsvoll angesehen hatte. Das war also der tiefere Grund für Ellis seltsames Verhalten. Sie hatte wieder einmal die angekündigte Fürstentochter gewittert, ihre Freundschaft gesucht und war dabei von dem gerissenen und kaltschnäuzigen Mädchen nur ausgenutzt worden. Jetzt saß sie in der Patsche und fand nicht wieder raus.

„Diese Dany nehmen wir uns vor", sagten die Zwillinge, als sie wieder allein waren.

Indessen bediente Elli ihre angebetete Dany weiterhin von hinten und von vorn. Vielleicht hatte ihr Eifer nach dem Gespräch mit ihren Cousinen ein bisschen nachgelassen. Aber das konnte auch aus Müdigkeit sein.

Sie hatte den Auftrag bekommen, Danys Wäsche von der Hausmutter zu holen. Als sie sich der Zimmertür näherte, hörte sie, wie Dany und Andrea sich stritten. Unwillkürlich blieb sie stehen und horchte. Um was ging es? Dany keifte: „Deine Sorge muss es nicht sein. Wenn Elli mir helfen will und glücklich dabei ist, soll sie es tun!"

Ach, um sie ging es! Nun war Elli gespannt!

„Du nutzt sie aus und sie ist zu gutmütig, um sich zu wehren!“

„Gutmütig nennst du das? Sie ist dämlich!“ Elli zuckte zusammen. „Weißt du noch, wie sie mich am ersten Abend fragte, ob ich so etwas wie eine Fürstentochter wäre?“

„Und bist du das vielleicht?“

„Kein Gedanke! Mein Vater war früher einmal Sekretär bei Tante Isabell. Sonst ist er Versicherungsvertreter und hat ihre Versicherungen seiner Gesellschaft vermittelt. Das sind aber ganz komplizierte Dinge. Deshalb wird er dort noch gebraucht.“

„Und deine Mutter?“

„War Sekretärin bei der gleichen Versicherung. Daher kennt sie übrigens Frau Theobald.“

Andrea lachte. „Wenn Elli das eines Tages erfährt, bricht sicher eine Welt für sie zusammen.“ Das stimmte: Elli stand draußen vor der Tür und war vollkommen fassungslos. „Trotzdem finde ich die Art, wie du ihre Hilfe beanspruchst, unfair und sogar unverschämt.“

„Meinetwegen!“, war Danys schnippische Antwort. „Was kümmert's mich?“

„Ich weiß nicht, ob du es noch lange so treiben kannst. Heute Mittag waren die Zwillinge hier und erkundigten sich nach dir.“

„Wie kommen die dazu?"

„Sie sind immerhin Ellis Cousinen. Und ich glaube, sie spielen hier in Lindenhof eine große Rolle."

„Sie sollen sich nur unterstehen, mir etwas zu sagen! Dann werden sie sich wundern!"

Elli ging leise ein paar Schritte zurück, dann trat sie kräftiger auf, öffnete die Tür, legte das Wäschepaket wortlos auf Danys Bett und verließ das Zimmer. Sie rannte in den Park hinaus, damit sie sich ungestört ausweinen konnte.

Andrea und Dany sahen sich an. „Ob sie etwas gehört hat?", fragte Andrea beklommen.

Dany zuckte mit den Schultern. „Na, wenn schon!"

Elli erschien erst unmittelbar vor dem Schlafengehen wieder im Zimmer und verließ es morgens, nachdem sie sich hastig angezogen hatte. Sie hat uns gehört, dachte Andrea. Arme Elli!

Dany sah am nächsten Tag die Zwillinge auf sich zu kommen. Sie wollte schnell in eine andere Richtung gehen, doch Hanni verstellte ihr den Weg. „Wir möchten dich sprechen."

„Warum? Ich mag nicht."

„Wir mögen eigentlich auch nicht. Doch wir müssen wissen, warum du Elli so unverschämt ausnutzt."

„Was fällt dir ein? Wie sprichst du mit mir?"

„Antworte!", sagte Nanni.

„Nun, wenn ihr es hören wollt: Eure liebe Cousine scharwenzelt den ganzen Tag um mich herum und will mir helfen."

„Wir kennen Elli sehr genau. Doch ihr Bestreben, anderen gefällig zu sein, gibt dir noch lange kein Recht, sie auszunutzen. Unterlass es gefälligst, sonst wenden wir uns an Frau Theobald."

Das war die einzige Drohung, die auf Dany Eindruck machte. Wohl oder übel musste sie sich fügen. Von nun an übersah sie Elli geflissentlich. Und den Zwillingen schwor sie Rache! Die wollte sie schon herunterholen von dem Sockel, auf dem sie standen!

Doch so leicht war das nun auch wieder nicht. Hanni und Nanni lebten schon im dritten Jahr in Lindenhof und hatten viele Freundinnen, nicht nur in der eigenen Klasse. Ihre fröhliche, aufrichtige und stets hilfsbereite Art machte sie bei allen beliebt. Auch die Lehrerinnen schätzten sie als tüchtige, fleißige Schülerinnen.

Dany heckt einen bösen Plan aus

Dann aber kam der Zufall Dany zu Hilfe. Ihre eigene Klassenlehrerin, Frau Körner, gab bei der Vierten Englisch. Sie ließ versehentlich auf dem Pult die Aufgaben für die nächste Klassenarbeit in der Fünften liegen. Die Zwillinge hatten gerade Ordnungsdienst. Prompt brachten sie, wie es ihre Pflicht war, Frau Körner die Blätter. Zwei aus der Fünften hatten das beobachtet, erzählten es den anderen und sagten dazu: „Einen Blick hätten sie uns ruhig hineinwerfen lassen können. Bloß damit wir wüssten, worauf wir uns vorbereiten sollen."

„Ihr spinnt!", sagte Dany höhnisch. „Brave Schülerinnen tun das nicht. Ja, wenn es die Arbeit für ihre eigene Klasse gewesen wäre! Da hätten sie schon einen Blick riskiert. Aber eine fremde Klasse? Da spielt man lieber die Musterschülerinnen, die ehrlichen Finder!" Die anderen nickten.

Und dann lag einmal in einer Flurecke ein winziges Adressbuch. H. S. stand in Goldbuchstaben darauf. Dany steckte es ein – wer wusste, wozu sie es einmal gebrauchen konnte! Und als eines Tages im Gemeinschaftsraum der Fünften der Plattenschrank aufstand und niemand darauf achtete, da packte Dany einen Stoß Platten, legte sie in ein Versteck, um sie später wegzuholen, zerbrach drei (die sie dann natürlich liegen ließ) und schob das Adressbuch dazwischen.

Ihr böser Plan gelang: Gleich am nächsten Tag wurden ein paar Platten vergeblich gesucht. Schließlich entdeckte jemand eine davon zerbrochen auf dem Regal und darunter Hannis Adressbuch. Natürlich schloss jede daraus, dass die Zwillinge im Zimmer gewesen waren, vielleicht heimlich Platten gesucht und ein paar davon zerbrochen hatten. Alle waren entrüstet, und Heidi, die Klassensprecherin, sagte: „Wir müssen auf alle Fälle testen, ob sie es waren." Deshalb gingen am anderen Morgen drei zur Vierten hinüber und fragten nach ein paar von den Platten.

„Ach, die haben wir in unserem Zimmer", rief Nanni, „die gehören uns." Sie holte sie. „Aber wir leihen sie euch gern."

Tessie, die extra mitgegangen war, zeigte Hanni das Adressbuch. „Deins?", fragte sie.

„Ach ja, danke. Ich habe schon überall danach gesucht."

Tessie warf ihr einen langen Blick zu, bei dem Hanni sich natürlich nichts dachte. Tessie war enttäuscht. So war Hanni also, und Nanni wohl ebenfalls. Sie waren in einen fremden Raum eingedrungen, hatten Platten gestohlen und sogar welche zerbrochen. Nie hätte sie das den beiden zugetraut!

Danys Plan ging auf. Mit einem Mal schnitten viele die Zwillinge. Das Unbehagen, das die Schwestern seit einiger Zeit empfanden, verstärkte sich immer mehr.

Es fiel sogar Hilda auf, wie gespannt das Verhältnis von vielen Mädchen zu den Zwillingen geworden war. Mit Tessie hatten Hanni und Nanni sich doch immer besonders gut verstanden! Aber Tessie machte kehrt, wenn sie die Schwestern nur von Weitem kommen sah. Was war da vorgefallen? Als Hilda sich erkundigen wollte, sagte Hanni bedrückt: „Wenn ich das wüsste! Wir beide haben nie irgendwelchen Ärger mit Tessie gehabt, keinen Krach. Und wenn wir versuchen, sie zu fragen, weicht sie uns aus."

„Dann werde ich sie fragen", sagte Hilda energisch. Sie tat es sofort. „Tessie, was ist los? Du und die Zwillinge, ihr wart doch immer gute Freundinnen. Jetzt macht ihr drei einen Riesenbogen umeinander. Frage ich die Zwillinge, wissen sie keinen Grund, und du – ich brauche bloß dein Gesicht anzugucken –, du hast irgendetwas gegen die beiden."

„Und ob ich etwas habe! Aber es lohnt nicht, darüber zu reden. Für mich sind sie erledigt. Und für die anderen aus der Fünften ebenfalls."

„Also hör mal, so geht es nicht. Ihr könnt doch nicht einfach verrückt spielen und eine alte Freundschaft sausen lassen, bloß weil ihr euch aus irgendeinem Grund geärgert habt.

Zumindest müsstet ihr mit Hanni und Nanni darüber sprechen. Jetzt rede endlich: Was ist geschehen?"

Tessie druckste ein Weilchen herum, dann meinte sie entschlossen: „Nun gut. Du sollst es wissen. Aber wundere dich nicht, wenn du ebenfalls eine Enttäuschung erlebst – genau wie ich. Stell dir vor: Die Zwillinge haben in unserem Plattenschrank herumgewühlt, ein paar Platten mitgenommen und ein paar sogar zerbrochen."

„Das ist blühender Unsinn!", rief Hilda sofort. „Sie haben doch selber genug, sogar eigene, die sie in unserem Zimmer aufheben."

„Ja, davon haben wir kürzlich welche geholt – aus eurem Zimmer. Nur – es waren unsere, die wir vermissten."

„Ausgeschlossen! Die Zwillinge klauen doch nicht. Das haben sie außerdem gar nicht nötig."

„So – und wie erklärst du dir dann, dass wir Hannis Adressbuch zwischen den zerbrochenen Platten in unserem Raum fanden? Ist das vielleicht dorthin geflogen? Und warum?"

„Warum – das weiß ich nicht, ebenso nicht, wie es dorthin gekommen ist. Nur eins steht für mich fest: Weder Hanni noch Nanni haben es dorthin gelegt oder es dort liegen lassen. Ich begreife nicht, wie du so etwas überhaupt nur annehmen kannst."

Da wurde Tessie doch unsicher. Und als Hilda

verlangte: „Komm mit! Wir reden mit den Zwillingen“, da tat sie es.

Sie setzten sich alle vier in einer Ecke zusammen. Hilda schilderte den Zwillingen, was sie erfahren hatte.

Entrüstet fuhren beide Schwestern auf, als sie von dem bösen Verdacht hörten. „Traust du uns zu, dass wir stehlen?“, fuhren sie auf Tessie los.

„Ja ... aber die Platten ... die sind doch weg“, stotterte Tessie. „Und Hannis Adressbuch zwischen den zerbrochenen ...“ Sie wusste nicht weiter. Und sie brauchte auch nichts mehr zu sagen.

Die Schwestern standen auf, sagten zu Hilda: „Gib dir keine Mühe, Tessie von unserer Unschuld zu überzeugen. Wir verzichten. Wenn jemand uns so etwas zutraut, ist er Luft für uns.“

„Schlechte Luft“, ergänzte Nanni.

Ja, was war da zu machen? Von dieser Stunde an vermieden die Zwillinge jedes Zusammentreffen mit irgendeinem Mädchen aus der fünften Klasse. Nur einen Zettel schickten sie noch an Tessie: „Behaltet die geliehenen Platten. Wir schenken sie euch. Hoffentlich klingen sie böse in euren Ohren!“

Doch so rein ihr Gewissen in dieser Angelegenheit war, so sehr bedrückte es sie, dass man ihnen eine solche Schlechtigkeit überhaupt zutraute. Hilda mochte ihnen noch so sehr zureden, dass alles dummes Zeug wäre und dass aus der eigenen Klasse bestimmt keine etwas Böses von ihnen dächte – sie fühlten sich oft hundeelend. Dany bemerkte das mit Vergnügen und triumphierte. Aber dazu war es freilich zu früh ...

In der Fünften spielte sie jetzt eine große Rolle. Sie war klug, wusste viel, lernte leicht und konnte mit ihren Witzen und interessanten Geschichten die anderen gut unterhalten.

Da fing sie eines Tages wieder an, von dem Inselschloss der Tante Isabell zu schwärmen. Eine fragte: „Schwindelst du uns eigentlich an oder gibt es dieses Schloss wirklich?"

„Überzeugt euch doch", rief Dany. „Kommt mit in meinen Schlafraum!" Tessie und Nicole folgten ihr prompt. „Hier – bitte!" Dany zeigte auf zwei Fotos, die sie an die Wand gepickt hatte und die ein wunderschönes weißes Gebäude in einem Park mit Palmen und blühendem Oleander zeigten.

„Wartet, ich suche euch auch ein paar Zeitungsberichte heraus", sagte Dany eifrig und kramte in ihrem Regal. Dabei legte sie einen Stoß Bücher auf den Tisch, zwischen denen ein paar Schallplatten lagen. Fast achtlos nahm Tessie sie in die Hand ... und erstarrte: Es waren die fehlenden Platten. Sogar ein Vermerk „Gemeinschaftsraum V" stand darauf.

Das war ein Schreck! Zuerst für Tessie, die sofort an die Zwillinge dachte.

Schön blamiert habe ich mich!, war ihr erster Gedanke und

sie schämte sich in Grund und Boden. Ein Schreck war es aber auch für Dany, als Tessie ihr plötzlich die Platten unter die Nase hielt und scharf fragte: „Wie kommen die hierher?"

Achselzuckend antwortete sie: „Kannst dir ja eine Erklärung ausdenken!"

Tessie war so wütend, dass sie eine Platte auf Danys Kopf schlug. Dany meinte grinsend: „Die hast *du* aber zerbrochen!"

Das erinnerte Tessie an Hannis Adressbuch. „Wie kam dann Hannis Adressbuch in den Plattenschrank?" Dany schwieg.

„Sicher hat sie es gefunden und dorthin gelegt, damit der Verdacht auf Hanni fiel", sagte Nicole, die sprachlos die Ereignisse verfolgt hatte.

„Aber warum?", rief Tessie. „Was haben dir die Zwillinge getan?"

„Ich glaube, da kann ich euch eine Erklärung geben", mischte sich Andrea ein. Sie war während der stürmischen Auseinandersetzung ins Zimmer gekommen, ohne dass jemand sie bemerkt hatte.

Sofort gingen Tessie und Nicole zu ihr hin, Tessie hielt die Platten fest unter dem Arm.

Andrea hatte beobachtet, wie Hanni und Nanni sich für Elli einsetzten, und sie ahnte, dass Danys Zorn von daher stammte.

Nun schilderte sie den beiden, wie Elli ständig laufen und parieren musste, wenn Dany es wünschte, und wie die Zwillinge Dany energisch zur Rede gestellt hatten.

„Das habe ich freilich nicht selber gehört“, erzählte Andrea. „Aber ich weiß, dass Dany das Kommandieren von einem Tag auf den anderen unterließ. Sicher gab es vorher eine schlimme Auseinandersetzung mit Ellis Cousinen.“

„Verpetzen wollten sie mich“, rief Dany dazwischen, „bei Frau Theobald. Und alles wegen ihrer albernen, dummen Cousine.“ Sie hatte zähneknirschend und wütend zugehört, was die anderen über sie sprachen, und konnte nun nicht mehr an sich halten.

Eine Antwort bekam sie nicht, wenigstens nicht von den Mitschülerinnen. Aber Frau Theobald gab sie ihr.

Tessie und Nicole hatten sich kurz verständigt und waren dann sofort zur Direktorin gegangen. Das war kein Petzen. Hier ging es darum, sich gegen eine böse Verleumderin zu schützen und den Frieden im Internat wiederherzustellen.

Die Direktorin war starr, als sie alles erfuhr, und sie handelte schnell. Als Erstes meldete sie ein Gespräch mit der Schwester von Danys Mutter an. Die hatte ursprünglich das Mädchen aufnehmen wollen. Dany hatte ihre Mutter angefleht, sie nicht hinzuschicken, denn die Tante war eine harte strenge Frau.

Dann ließ Frau Theobald die Zwillinge rufen, ebenso Hilda, Andrea und schließlich auch Elli. Dany merkte von dieser Unruhe nichts. Sie saß auf ihrem Bett, riss vor Wut die Zeitungsausschnitte über Tante Isabell in kleine Fetzen und grübelte, was sie tun konnte.

Noch bevor das große Verhör begann, läutete das Telefon: Danys Tante war am Apparat. Eine kurze Anfrage: „Wollen Sie Ihre Nichte Daniela noch aufnehmen? Können Sie sie abholen? – Morgen Mittag? Gut, ich erwarte Sie. Danke! – So", sagte sie dann und lächelte die Mädchen an, die vor ihr saßen: die Zwillinge mit starren Mienen, seit sie die beiden Fünftklässler erkannt hatten, Tessie mit verlegenem, schuldbewusstem Gesicht, dem Weinen nahe. „So, jetzt möchte ich die ganze Geschichte im Zusammenhang hören. Ich glaube, am besten berichtet Hilda. Sie ist unbefangen und steht, soviel ich weiß, mit euch allen auf gutem Fuß. Ihr anderen könnt euch melden, wenn ihr etwas ergänzen wollt. Es geht hier nicht um Daniela. Dass mein Urteil über sie feststeht, habt ihr aus dem Telefonat gemerkt. Hier geht es nur um eure gute Kameradschaft."

Dann fiel ihr noch etwas ein. Durch das Haustelefon bat sie die Hausmutter zu sich. Die musterte erstaunt die Versammlung. „Bitte, Hausmutter", sagte die Direktorin, „gehen Sie in das Dreierzimmer. Daniela wird noch dort sein, sonst suchen

Sie sie. Sie soll unter Ihrer Aufsicht sofort ihre Sachen zusammenpacken – alle! Dann bringen Sie sie bitte zur Krankenstation, in ein Einzelzimmer im oberen Stock. Sie wird morgen Mittag abgeholt. Bis dahin hat sie strengen Hausarrest!“

Dieser Auftrag war ganz nach dem Herzen der Hausmutter. Dany mit ihren vielen Extratouren war ihr längst ein Dorn im Auge. Sie ließ das Mädchen alles zusammenpacken, riss selber den Vorhang hinter dem Schrank weg und legte ihn zusammen. Aber sie gab auf Danys merkwürdig kleinlaute Fragen keine Antwort. Dann brachte sie sie hinüber zur Krankenstation und schloss hinter ihr die Tür ab. „Du hast Stubenarrest bis morgen Mittag. Essen wird dir gebracht. Wenn du dich langweilst, nimm Schulbücher zur Hand.“

So verschwand Dany mit aller Grafenherrlichkeit glanzlos aus Lindenhof.

Frau Theobald hörte sich unterdessen Hildas Bericht ruhig an.

Die Zwillinge horchten auf, als die wiedergefundenen Platten erwähnt wurden. „Na also“, sagte Nanni erleichtert und schielte zu Tessie hinüber, der jetzt wirklich die Tränen übers Gesicht purzelten.

„Ich denke“, sagte Frau Theobald, als Hilda zu Ende erzählt hatte, „was ich von dieser Sache halte, brauche ich euch nicht zu sagen. Hoffentlich habt ihr daraus gelernt, dass man niemanden voreilig verurteilen darf. Und was ihr zu tun habt – besonders die Fünfte –, das werdet ihr selber am besten wissen. So, nun geht!“

Sie wussten es! Tessie und Nicole trommelten ihre ganze Klasse im Gemeinschaftsraum zusammen und berichteten. Es erging den anderen nicht besser als ihnen: Sie schämten sich. Und noch am gleichen Tag sausten zwei, nachdem sie sich von der Hausmutter die Erlaubnis geholt hatten, mit den Rädern in die Stadt. Dort erstanden sie einen wunderschönen Blumenstrauß, für den sie Geld gesammelt hatten: zarte Maiglöckchen und Alpenveilchen in verschiedenen Farben. Er sah prachtvoll aus. Diesen Strauß stellten sie vor dem Abendessen an den Platz der Zwillinge. Die ganze Schule bestaunte ihn. Die Karte, die davor lag: „Von der Fünften in ehrlicher Reue!“, lasen nur Hanni und Nanni. Aber sie nickten der Fünften hinüber und winkten: „Okay – alles in Ordnung!“

Ein gelungenes Fest für Mamsell

Als der große Tag da war, herrschte schon vor dem Frühstück großer Trubel, obwohl an diesem Morgen keine Klingel weckte. Es war ein Samstag. Der Unterricht fiel aus. Die Feier sollte schon beim Frühstück beginnen. Alle Mädchen waren in Festtagskleidung erschienen, die Lehrerinnen ebenfalls.

Um Mamsells Zimmer machten alle einen weiten Bogen, damit sie ja nicht vorzeitig aufwachte. Denn am Abend vorher hatte die Sprecherin der sechsten Klasse den Wecker neben Mamsells Bett um eine Stunde zurückgestellt. Mit Frau Theobalds Erlaubnis!

Mamsell wurde schließlich wach, zog sich nichts ahnend an und sah nach dem Kalender. Beinahe hätte sie vergessen, dass es ihr Geburtstag war – ihr fünfzigster noch dazu. Wie gern hätte sie diesen Tag zu Hause in Frankreich gefeiert, bei ihrer Familie, an der sie sehr hing. Und wie gern hätte sie den Schülerinnen ein paar Torten spendiert und sich an ihrem Appetit gefreut. Es waren ja liebe Mädchen – alle, auch wenn sie ihrer gutgläubigen Mamsell gern Streiche spielten!

Mamsell lächelte bei dem Gedanken an die vielen Dummheiten, die sie schon angestellt hatten. Meistens hatte sie ja selber ihren Spaß dabei gehabt – wenigstens hinterher, wenn der erste Zorn oder der erste Schreck verraucht war. Das durfte sie sich bloß nicht anmerken lassen.

Schade, dass sie den Kindern, ihren chères filles, an diesem Tag keine Freude bereiten konnte. Sie sollten ja nicht erfahren, welch besonderer Tag dies für ihre einsame Lehrerin hier in der Fremde war. Mamsell verließ rasch ihr Zimmer.

Da lagen Blumen auf dem Flur, den ganzen Weg bis zum Speisesaal entlang. Verwirrt sah Mamsell sie und ging sorgsam neben ihnen her. Eine Tür klappte ...

Sie war fast beim Speisesaal, da öffnete sich dort eine andere Tür. Lichter brannten. Blumen lagen auf den Tischen, jemand spielte Ziehharmonika und dann stand vor ihr die zweite Klasse und sang ein französisches Lied, wie Mamsell es zu Hause bei Geburtstagen oft mitgesungen hatte.

Sie blieb fassungslos in der Tür stehen, sah sich um und wollte ihren Augen und Ohren nicht trauen. Hatte sie sich nicht gerade noch einsam gefühlt? Plötzlich purzelten ihr die Tränen aus den Augen. Sie sah nichts mehr und es war gut, dass Frau Theobald sie am Arm nahm und zu ihrem Platz führte.

Dann hielt die Direktorin die Festrede. Sie erinnerte an die vielen Schülerinnen, die Mamsell im Laufe der Jahre in

Lindenhof unterrichtet hatte. Einen dicken Stoß Briefe von früheren Schülerinnen legte sie dem Geburtstagskind hin – in einer wunderschönen Schale, die ein Geschenk des Kollegiums war. Im Namen aller Lindenhofer gratulierte sie herzlich und sagte am Schluss: „Dieser Tag gehört Ihnen und nun wollen wir uns erst einmal stärken, dann geht die Feier weiter."

Mamsell konnte nur nicken und winken. Sie war gerührt. So viel Liebe, so viel Freundlichkeit ... ach, sie war ja so dankbar.

Dann aber siegte der Appetit. Die Hausmutter hatte ein Sonntagsfrühstück vorbereitet und jede ließ es sich schmecken. Danach ging es hinunter in die große Halle. Dort war genügend Raum für alle Vorführungen. Mamsell saß ganz vorn in einem großen Sessel, neben dem ein riesiger Blumenstrauß stand. Die Schülerinnen hatten ihn gestiftet.

Französische Gedichte, französische Lieder und von der Klassensprecherin der Sechsten eine feierliche Ansprache in fließendem Französisch ...

Zum Abschluss des Vormittags traten die Jüngsten an, die erste Klasse. Sie waren wirklich nett anzuschauen, wie sie sich paarweise zu einem Kreis ordneten. Ein Mädchen im Jungenanzug und eins im Sommerkleid. Sie sangen das Lied „Sur le pont d'Avignon tout le monde danse, danse ... – auf der Brücke von Avignon tanzen heute alle Leute ..."

Als dann die Stelle kam: „Die kleinen Mädchen machen's so", da knicksten die Kinder und winkten Mamsell zu. Dann erst sangen sie die Strophe von den kleinen Gassenbuben, wie die es treiben: Die Jungen traten aus dem Kreis heraus und machten nach allen Seiten eine lange Nase. Großes Gelächter und lauter Beifall. Mamsell klatschte am meisten.

„So, jetzt wollen wir erst einmal essen, dann ist die Vierte mit ihrem Beitrag zum Festprogramm dran", rief die Hausmutter und schlug den Gong, damit ja niemand das Mittagsmahl versäumte.

Nach dem Essen strömten alle gespannt in die Halle. Die Vierte schien etwas Besonderes zu planen. Und sie schoss wirklich den Vogel ab!

Zunächst las Hilda vor, wie ein junger Prinz die schöne Prinzessin bat, seine Frau zu werden, und ihr Geschenke schickte, eine wunderbare Rose von seines Vaters Grab und eine Nachtigall, die über alle Maßen schön sang. Die törichte Prinzessin aber wollte keine lebendigen, natürlichen Dinge haben, sondern nur künstliche. Sie wollte auch vom Prinzen nichts wissen. Was aber tat der? Er schmierte sich sein Gesicht dunkel an, verkleidete sich und wurde auf dem Schloss der Schweinehirt. Beim Schweinehüten hatte er genug Muße und so fertigte er eines Tages eine Spieldose an, die er neben sich stellte, wenn er seine Tiere bewachte.

An diesem Punkt begann das Spiel: Die Prinzessin saß auf einem Hocker, lächelte lieblich und nickte ihren vielen Hofdamen zu. Sie spielten Ball und trällerten ein paar Lieder.

Gegenüber lümmelte sich der Schweinehirt auf dem Boden herum und zog seine Spieluhr auf. „Ach, du lieber Augustin, Augustin“, spielte sie, „alles ist hin.“

„Das kenn ich doch“, rief die Prinzessin. „Diese Spieluhr will ich haben.“ Und sie schickte eine Hofdame zum Schweinehirten hinüber. „Frag ihn, was er dafür verlangt.“

Der Schweinehirt lachte. „Zehn Küsse soll die Prinzessin mir geben, dann kriegt sie die Spieluhr.“

„Du bist verrückt“, rief die Hofdame.

„Vielleicht – aber für weniger gebe ich sie nicht her.“

Die Hofdame traute sich kaum, das der Prinzessin zu erzählen. „Es ist zu schrecklich“, flüsterte sie.

„Dann sag es mir ins Ohr“, und das tat die Hofdame dann auch.

Erschrocken fuhr Prinzessin Andrea hoch und rief: „Ist der aber frech“, und tat, als wollte sie weglaufen. Da hörte sie die Spieluhr wieder. „Ach, du lieber Augustin ...“ So hübsch klang das! Sie schickte eine andere Hofdame hinüber. „Frag ihn, ob er zehn Küsse von meinen Hofdamen will.“

Das gefiel den Hofdamen gar nicht, aber die Prinzessin bestand darauf.

„Nein danke“, antwortete der Schweinehirt. „Zehn Küsse von der Prinzessin – oder ich behalte meine Spieluhr.“

Da half es ihr nichts. Sie verlangte jedoch, dass die Hofdamen sich im Kreis um sie herumstellten, damit niemand etwas sehen konnte. Sie zählten laut mit: „Un, deux, trois ...“, und nach dem zehnten Kuss bekam die Prinzessin die Spieluhr.

„Aber“, so erzählte Hilda nun weiter, „der Schweinehirt bastelte eines Tages eine ganze Spielbox, daraus erklangen die schönsten Walzer, Songs und Hits, die gerade in Mode waren.“

Und die Zuschauer sahen einen großen Kasten, in dem Marianne einen Plattenspieler versteckt hatte.

„Wundervoll“, rief Prinzessin Andrea und die Hofdamen säuselten: „Superbe, charmant!“

Natürlich schickte die Prinzessin wieder Hofdamen zum Schweinehirten hinüber. „Für hundert Küsse kann die Prinzessin die Box haben“, war seine Antwort, „für hundert Küsse von der Prinzessin höchstpersönlich.“

Da standen sie und schrien entsetzt durcheinander und Doris fuchtelte herum und rief „Abominable – fürchterlich!“ (das war Mamsells Lieblingswort) und zeterte aus Leibeskräften.

Sofort verstanden die Zuschauer die Anspielung. Doris spielte Mamsell! Das Kichern nahm kein Ende und Mamsell selber klatschte vor Vergnügen in die Hände. Doris verbeugte sich bei diesem Beifall, aber sie ließ sich nicht stören …

Der Schweinehirt ging auf keinen anderen Vorschlag ein, auch als die Prinzessin wieder eine Hofdame hinüberjagte: „Zehn Küsse von der Prinzessin und die anderen neunzig von ihren Hofdamen." Zum Schluss war sie einverstanden. Der Schweinehirt, der ja eigentlich ein Prinz war, kam herüber. Die Hofdamen stellten sich um das Paar herum und die Küsserei und das Zählen gingen wieder los.

„Da aber", so las Hilda, „hatte der alte König entdeckt, dass beim Schweinekoben etwas los war, und er ging hin, um nachzusehen."

Also schlich der König – Carlotta – in seinem langen roten Mantel in Filzpantoffeln zu den Hofdamen, die gerade zählten: quatre-vingt-deux – zweiundachtzig, stieß sie beiseite und fing an zu fluchen. „Parbleu!", schrie er, zog einen Pantoffel vom Fuß und schlug drauflos, immer abwechselnd auf seine Tochter und auf den Schweinehirten. Dann zeigte er mit ausgestrecktem Arm zur Tür: „Quittez mon château – verlasst mein Schloss", und ging wieder zurück. Die Hofdamen liefen kreischend auseinander. Doris jammerte besonders herzzerreißend und die Prinzessin weinte furchtbar.

„Hätte ich bloß den Prinzen geheiratet!", klagte sie.

Da kam der Prinz zurück mit sauberem Gesicht und in

schönen Kleidern. Er hielt ihr eine gewaltige Standpauke, weil sie ihn als ehrlichen Prinzen verachtet und seine Geschenke verschmäht hatte. „Aber von einem Schweinehirten lässt du dich küssen“, donnerte er. „Doch nun mag ich dich auch nicht mehr.“ Dann ging er.

Die Prinzessin weinte noch ein bisschen in ihr Spitzentuch, dann lief auch sie hinaus.

Und die Spieluhr sang irgendwo: „Ach, du lieber Augustin, alles ist hin.“

So ging die traurige Geschichte zu Ende. Aber richtig traurig war sie gar nicht. Erstens, weil der Prinzessin recht geschehen war, und zweitens, weil die Vierte so lustig gespielt hatte, dass alle einen Riesenspaß hatten.

„Magnifique, superbe – großartig“, schrie Mamsell ein übers andere Mal und sah ihre Kolleginnen stolz an: So gut konnten ihre Schülerinnen Französisch.

An diesem Tag söhnte sie sich auch mit Andrea aus. Wie reizend hatte das Mädchen gespielt! Und ihre französische Aussprache war tadellos. Gutmütig und liebenswert, wie Mamsell war, sagte sie das Andrea auch und nannte sie diesmal: „Chère fille.“

Nach dem Tee kam der Abschluss: die Fünfte tanzte. Zuerst eine Quadrille. Sie bewegten sich mit einer Anmut, als kämen sie direkt von der Ballettschule. Alle hatten lange Röcke aus Krepppapier über ihren Kleidern, die bei jedem Schritt raschelten. So eine Quadrille ist gar nicht einfach mit ihren verschiedenen Figuren. Die Turnlehrerin staunte: Wer hatte das den Mädchen nur beigebracht?

Gegen Ende der Vorstellung tanzten dann noch fünf Schülerinnen einen Cancan! Er wurde zwar nicht ganz so perfekt wie in Operetten oder Filmen, dennoch wirbelten sie in tollem Tempo herum und versanken zum Schluss im Spagat am Boden.

Wunderbar!

Nach dem Beifall fragte Frau Theobald als Erste, was alle anderen auch fragen wollten: „Wer hat euch das beigebracht?"

„Andrea", riefen die Tänzerinnen. Die Direktorin nickte. „Ich dachte es mir."

Wieso?, überlegten die anderen. Wie konnte Andrea den Mädchen solch schwierige Tänze beibringen? Sie war ja sogar im Sport eine Niete. Beim Abendessen wurde immer noch herumgerätselt.

Andrea grinste. Sie hatte über ihre Prinzessinnenrolle viel Lob gehört. Wegen der Tanzerei sollten die anderen ruhig noch ein bisschen zappeln!

Ein Junge in Mädchenkleidern

Bei allem Trubel dieses Tages hatte niemand bemerkt, wie aufgeregt eine Schülerin aus der dritten Klasse war: Steffi Wagner. Ein nettes, fröhliches Mädchen, das immer von seinen vier Brüdern erzählte. Sie stammte von einem Gut und war eine richtige Tiernärrin. Sie konnte an keiner Katze vorbeigehen, ohne sie zu streicheln. Jeden Hund begrüßte sie und die wildesten Kläffer schmiegten sich schwanzwedelnd an sie. Für Pferde hatte sie eine besondere Vorliebe und sie hatte immer ein paar Leckerbissen bei sich, falls sie irgendwo einmal an einer Pferdekoppel vorbeikam.

Ihre Freundinnen zogen sie mit ihrer Leidenschaft auf. Denn eine Leidenschaft war es bei Steffi wahrhaftig. Sie hatte nicht geruht, bis im Park Futterhäuser aufgestellt wurden, damit die Vögel in der kalten Jahreszeit nicht zu hungern brauchten, und vor ihrem eigenen Schlafraum hingen Meisenringe.

„Ach, ihr könnt mich nicht ärgern", sagte sie lachend, wenn die anderen ihr vorschlugen, doch auch den Mäusen draußen im Holzschuppen Speck hinzulegen.

„Und den lieben, netten Ratten ein paar Stückchen Fleisch", rieten andere. Aber bei dem Wort „Ratten" schüttelte sich sogar Steffi.

„Außerdem gibt es hier gar keine Ratten", sagte sie überzeugt.

Wenn die anderen fragten: „Sind deine Brüder auch so tiernärrisch wie du?", lachte sie. „Im Vergleich zu denen bin ich noch harmlos. Heino besitzt ein Pferd. Er hat bei Jugendturnieren sogar schon Preise geholt. Frank züchtet Stallhasen, Udo Tauben."

„Und der vierte?"

„Michael? Der hat im Garten ein großes Terrarium. Molche, Salamander, Schildkröten, Eidechsen, Frösche – alles schleppt er heran. Nur Schlangen nicht. Das hat unser Vater verboten. Im Haus hat er auch noch ein paar Tiere: einen Goldhamster, drei winzige bunte Finken aus Übersee und weiße Mäuse. Die sind nicht zu zählen, weil sie sich dauernd vermehren."

„Du liebe Zeit, ihr habt ja den reinsten Zoo auf eurem Hof."

Diese Steffi wurde am 28. November gegen Nachmittag ans Telefon gerufen. „Ist Michael bei dir?", fragte ihre Mutter.

Maßlos erstaunt fragte Steffi zurück: „Wieso?"

„Er ist aus seinem Internat weggelaufen."

„Aber warum bloß?“

„Das weiß ich auch nicht. Wo mag der Junge nur stecken? Bei dieser Kälte irrt er irgendwo herum! Und ich hoffte so sehr, er wäre bei dir in Lindenhof.“

Klar, dass Steffi sich große Sorgen machte. Michael war ihr Lieblingsbruder. Die drei Großen taten immer so gönnerhaft. Aber Michi war ein Jahr jünger als sie und respektierte sie. Immer wieder ging sie nun zur Tür oder an ein Fenster, von dem aus man das Tor sehen konnte. Nichts ...

Doch dann drückte ihr eine aus der ersten Klasse – die noch im Jungenanzug herumlief – einen Zettel in die Hand. Auf dem Papier stand: „Komm bitte ins Gewächshaus.“

Schnell holte Steffi ihren Anorak und ging heimlich hinaus. An der Mauer entlang kam sie ungesehen zum Gewächshaus und schlich hinein. Sie sah niemanden. Aber dann hörte sie eine Stimme: „Steffi?“

„Ja, Michi, ich bin es.“

Ganz erfroren sah der kleine Bursche aus, als er vor ihr stand.

„Was ist eigentlich los?“, fragte Steffi.

„Erzähle ich nachher. Hast du etwas zu essen?“

„Ja, ich hole gleich etwas. Oder ... komm ruhig mit ins Haus.“

„So als Junge?“

„Ach, manche von uns sehen ja auch wie Buben aus. Du darfst bloß nicht zu nahe an die anderen herankommen. Außerdem läuft heute die halbe erste Klasse in richtigen Jungenanzügen herum. Wir haben nämlich eine Feier ..."

„Du, ich habe schrecklichen Hunger!", drängte er.

„Also komm!" Auf Schleichwegen brachte sie Michi ungesehen durch die Hintertür ins Haus und die Treppe hinauf in ihren Schlafraum. Zunächst wühlte sie in Mutters letztem Paket nach Keksen und Schokolade, dann lief sie nach unten. Es gelang ihr, ein paar Brote aus dem Speisesaal zu stibitzen, die brachte sie Michi.

Er hatte seinen Anorak ausgezogen. Darin kramte er nun und sagte: „Schau mal her!"

Da lag das süßeste Hundebaby, das man sich vorstellen konnte, ein Spaniel, und guckte sie mit großen Augen an.

Steffi war entzückt. „Deshalb bist du ausgerückt?" Michi nickte.

„Und wo willst du damit hin?"

„Weißt du, das kam so: Ich habe da einen Freund. Er ist Waldhüter und sieht ziemlich gammlig aus. Aber er ist nett. Ole heißt er. Ich gehe oft mit ihm durch den Wald. Die Lehrer brauchen das nicht zu wissen. Ole wäre ihnen als Umgang für einen ihrer Schüler wahrscheinlich nicht recht. Er war neulich sehr komisch, als ich ihn besuchte, so unruhig. Dabei hatte er gerade diesen kleinen Hund geschenkt gekriegt, auf den er sich schon lange freute. ‚Mir wollen sie an den Kragen', sagte er. ‚Ich glaube, ich muss mich bald verkrümeln.' Warum, das sagte er nicht, ist ja auch egal. Aber gestern kam Peter, der Sohn von unserem Hausmeister, ein prima Junge. Mit seinem Vater und den Lehrern hat er oft Ärger. Na ja, ein Musterschüler ist Peter nicht. Aber wir beide vertragen uns. Er geht auch manchmal zu Ole. Der brachte mir einen Gruß von Ole und einen Karton. Darin lag Bazi. So heißt der Kleine. Ein Zettel war dabei: ‚Sicher ist Bazi bei dir besser aufgehoben als bei mir. Ich schenke ihn dir. Ich muss fort. Leb wohl.' Peter sagte: ‚Du kannst ihn doch gewiss nach Hause auf euer Gut bringen?' Das möchte ich auch und ich wollte heute Mittag fahren. Peter hat ihn so lange im Heizungskeller versteckt und ihm auch Futter besorgt. Doch am Morgen musste er ihn wegtragen, weil sein Alter ihn sonst gefunden hätte. Wir dürfen ja im Internat keine Tiere haben. Ich wollte mittags fahren. Da kriegt doch unser Pauker ausgerechnet heute Morgen einen Rappel, regt sich wahnsinnig auf, weil die Lateinarbeit ganz verhauen ist, und er verbietet uns allen über Sonntag wegzufahren. Ausgerechnet! Ich bin zu ihm gegangen und habe gesagt, es wäre dringend. Aber was versteht der schon? Nicht mal gefragt hat er, was denn so dringend wäre. ‚Es wird hiergeblieben und gelernt', schrie er mich an. Da bin ich getürmt."

„Was für eine Note hattest du denn in der Lateinarbeit?“, fragte Steffi.

„Eine Sechs“, antwortete Michi leise.

„Dann kann ich es dem Lehrer wahrhaftig nicht verdenken, wenn er dich nicht gehen ließ. Doch wenn du getürmt bist, warum dann nicht nach Hause?“

„Wollte ich ja. Aber der Zug ging erst später. Da hätten sie mich an der Station schon vor der Abfahrt erwischt. Also ging ich zur Straße hinüber. An der nächsten Tankstelle stand ein Laster. Auf den bin ich geklettert. Ich wollte nur erst mal ein Stück weg. Dann bin ich wahrscheinlich eingeschlafen und habe nicht gemerkt, wohin wir fuhren. Der Wagen hielt in einer Stadt. Ich sprang runter und lief weg. Dann merkte ich, dass es nach Lindenhof nicht mehr sehr weit war, und bin hergelaufen. Ein Auto wagte ich nicht mehr anzuhalten.“

„Und du bist einfach so losgerannt – ohne Mütze und ohne Schal?“

„Nein, die brauchte ich aber für Bazi.“

„Hast du wenigstens Geld dabei?“

„Jetzt nicht mehr. Ich habe Hundefutter gekauft. Und eine Tüte Milch und ein paar Würstchen, zwei für Bazi und zwei für mich.“

„Und was soll nun werden? Am besten telefoniere ich gleich nach Hause.“

„Ach, bitte nicht! Steffi, lass doch!“, bettelte der Junge. „Morgen kannst du ja anrufen. Ich möchte nur erst richtig schlafen. Und noch ein bisschen essen.“

Kopfschüttelnd verließ Steffi das Zimmer. Was sollte sie bloß tun? Die Eltern machten sich bestimmt riesige Sorgen. Dass Michi Angst hatte, verstand sie gut. Vati konnte sehr böse werden und Michi stand wahrscheinlich eine tüchtige Tracht Prügel bevor. Zu dumm aber auch, dass der Lehrer ausgerechnet diesmal jede Sonntagsfahrt verboten hatte!

Im Speisesaal ging es lebhaft zu. Die meisten Mädchen saßen schon dort. Aber an diesem Tag waren alle ein bisschen außer Rand und Band. Deshalb fiel es nicht weiter auf, dass Steffi vier Schnitten aufeinanderklappte und damit wieder hinausging.

Während Michi aß und Bazi immer etwas abgab, versuchte Steffi es mit dem Telefongespräch nach Hause. War es Glück oder Pech, dass sich niemand meldete? Sie sollte wohl Michi eine Nacht hierbehalten. Nur wo?

Zunächst suchte sie ihre Freundin Sabine und erzählte ihr alles. Sabine nahm niemals etwas schwer. Sie lachte. Und sie fand auch, dass Michi eine Nacht dableiben sollte.

„Aber sag bloß, wo?“

„Im Turmzimmer oben“, schlug Sabine vor. „Wer kommt

schon dorthin? Und heute bei dem Trubel überhaupt. Ich bringe von mir ein Kissen hinauf."

„Und ich eine Decke."

„Los!", rief Sabine, „wir machen es gleich, ehe die anderen kommen."

Steffi winkte dem Bruder. „Nimm deine Sachen und beeil dich!"

Er stolperte hinter ihnen die schmale Treppe zum oberen Stock des einen Turms hinauf.

„So, hier kannst du schlafen!", sagte Sabine, nachdem sie Michael begrüßt hatte. „Und nun möchte ich vor allem den Hund sehen ... ach, ist der lieb!"

Steffi hatte inzwischen auf der Polsterbank ein Lager hergerichtet. Sie holte noch eine Kiste herein, die sie im Vorbeigehen auf dem Flur entdeckt hatte, und polsterte sie für Bazi mit ein paar Putzlumpen aus, die sie vorsorglich aus der Besenkammer geholt hatte. Im Zimmer gab es sogar einen schmalen Heizkörper, den drehte sie auf.

„Was fehlt noch?"

„Etwas zu trinken für Bazi."

„Das schaffe ich her. Aber waschen kannst du dich morgen früh nicht."

Für Michi schien das die geringste Sorge zu sein. „Einmal kann ich gut darauf verzichten", versicherte er.

Sabine ging mit Steffi hinaus, nachdem sie beide Michi und Bazi eine gute Nacht gewünscht hatten. Doch dann zog sie die Freundin noch einmal zurück ins Zimmer.

„Weißt du, wie wir Michi morgen früh am besten verstecken können?"

„Nun?", fragte Steffi.

„Er muss Mädchenkleider anziehen."

„Tu ich nicht", sagte Michi sofort, aber Steffi war von Sabines Vorschlag begeistert.

„Dann fällst du überhaupt nicht auf", sagte sie. „Und wenn dich wirklich eine genauer anschaut, dann sagst du, ich wäre deine Cousine und du seist zu Besuch bei mir."

„Klar, das machen wir. Ich bringe dir nachher ein paar von meinen Sachen, die müssen dir eigentlich passen."

Michi war alles andere als begeistert, aber was blieb ihm übrig, als mitzumachen?

Am Sonntagmorgen stieg also ein niedliches kleines Mädchen von etwa elf Jahren die Treppen hinunter, schaute sich neugierig um und stieß schließlich mit Mamsell zusammen, die immer noch in Feiertagsstimmung war.

„Nun, ma petite", sprach sie die Kleine an, „woher kommst du so früh am Morgen?"

„Ach", das Kind versuchte einen Knicks, aber der misslang gründlich, „ich suche meine Cousine, gnädige Frau."

Oh, welch höfliches Kind! Mamsell war entzückt. „Ta cousine! Wie heißt sie denn?"

„Steffi Wagner", antwortete Michi zögernd. „Sie geht in die dritte Klasse."

„Steffi, ja, die kenne ich. Warte, ich helfe dir suchen. Hast du denn schon gefrühstückt, wenn du so früh herkommst?"

„Nein, gnädige Frau!"

„Dann komm mit zu mir. Ich habe lauter gute Sachen in meinem Zimmer. Einen Tee koche ich gleich und dann machen wir es uns gemütlich. Bis wir fertig sind, haben auch die Schülerinnen gefrühstückt und du kannst zu deiner Stefanie gehen."

Michi fand seine Mädchenverkleidung mit einem Mal sehr lustig und er folgte Mamsell in Erwartung eines reichlichen Frühstücks. Zutraulich öffnete er in ihrem Zimmer das Bündel, das er bis dahin vorsichtig mitgeschleppt hatte. „Das ist Bazi", sagte er. „Ist er nicht süß?"

Mamsell mochte zwar Tiere, aber sie hielt sich gern ein bisschen entfernt von ihnen. Doch das wollte sie ihrer reizenden kleinen Besucherin nicht sagen.

„Ja", nickte sie, „très aimable."

„Ach, Sie sind gewiss die Dame, die hier in Französisch unterrichtet und die immer so nett ist?", sagte der durchtriebene Michi. „Steffi hat oft von Ihnen erzählt."

„Ja?“ Mamsell strahlte und fragte: „Wie heißt du, ma petite?“

„Mich – nein, Michaela.“

„Was für ein schöner Name! Doch nun setz dich und lang zu!“

Das brauchte sie Michi kein zweites Mal zu sagen. Die belegten Brötchen, die Kuchenstücke und Biskuits, die Mamsell von der Nachfeier mit dem Kollegium noch stehen hatte, waren so verlockend, dass er zugriff.

„Wie soll ich das alles nur aufessen?“, hatte Mamsell am Abend gesagt, als ihre Besucher sich verabschiedeten. Jetzt löste sich das Problem von selbst: Das meiste verschwand in Windeseile.

Ein paarmal erkundigte sich Michi höflich: „Darf ich?“, hielt aber im gleichen Augenblick schon seinem Bazi ein Stück Aufschnitt oder einen Keks hin. Endlich erklärte er: „Jetzt bin ich völlig satt“, stand auf, bedankte sich und wollte gehen.

Aber Mamsell erklärte: „Ich bringe dich in den Speisesaal. Du findest ihn gewiss nicht. Stefanie ist sicherlich dort.“

Ja, Steffi war dort. Sie saß wie auf Kohlen und sah Sabine verzweifelt an. Nahm das Frühstück heute denn gar kein Ende? Michi wartete doch gewiss schon lange auf sie. Hunger hatte er auch und sie hatte ein paar Brote für ihn gesammelt. Sie lagen auf der Bank zwischen ihr und Sabine.

Plötzlich fielen ihr die Augen fast aus dem Kopf. Mamsell kam zur Tür herein und mit ihr – Michi! Sie sah sich um und entdeckte sie. „Hallo, Stefanie, du hast Besuch! Deine reizende kleine Cousine hat schon bei mir gefrühstückt. Wir haben uns sehr nett unterhalten. Ich wünsche euch einen schönen Sonntag!" Damit ging sie.

Steffi zitterten die Knie, als sie zu Michi hinüberging. Dieses Unglückskind! Was mochte er alles erzählt haben?

„Komm mit", zischte sie, gab ihm aber doch die Hand, weil natürlich alle zu ihnen hinübersahen. „Sabine!", rief sie der Freundin zu und winkte. Da erhob sich endlich die Hausmutter: Das Frühstück war zu Ende. Sabine stürzte hinter den beiden her.

Der arme Michi! Er wurde von der Schwester einem genauen Verhör unterzogen, was er bei Mamsell getan hatte.

„Vor allem gut gegessen", beteuerte er. „Mensch, Steffi, was da alles auf den Platten lag! Ich habe gefuttert, bis ich nicht mehr konnte."

„Und weiter?"

„Bazi habe ich ihr gezeigt. Sie fand ihn auch süß."

Mamsell und einen Hund süß finden! Diese Vorstellung war so komisch, dass Sabine laut lachte – so laut, dass Frau Theobald, die vorbeiging, aufmerksam wurde.

„Nanu?" Sie sah ein fremdes Kind. „Besuch?"

Da brach Steffi in Tränen aus. Denn mit einem Mal fiel ihr ein, dass sie ja die Eltern anrufen musste. „Ach, bitte, Frau Theobald", fragte sie, „darf ich schnell mal nach Hause telefonieren?"

„Warte noch, Steffi ...", rief Michi. Aber die Schwester war schon auf und davon.

Frau Theobald wusste nicht, was sie von dem merkwürdigen Benehmen der drei Kinder halten sollte. Denn auch Sabine war plötzlich sehr unruhig. „Wer bist du?", fragte sie das fremde Mädchen.

„Michi."

„Und weiter?"

„Michi Wagner."

„Steffis Cousine?"

„Nein, ihr Bruder." Frau Theobald zu beschwindeln gelang nicht einmal Michael.

„Ihr Bruder? Komm einmal mit, und du, Sabine, suchst Steffi und bringst sie auch in mein Zimmer."

Sehr kleinlaut ging Michi hinter ihr her. Er wusste zwar nicht, dass dies die Direktorin war, aber ihre bestimmte Art flößte ihm einfach Respekt ein.

„Jetzt erzähl mal", forderte sie Michi auf, als er ihr gegenübersaß.

Der kleine Junge erzählte getreulich alles, auch dass er in

Latein eine Sechs geschrieben hatte und sich vor der Strafe seines Vaters fürchtete. „Ich war froh, dass Steffi die Eltern gestern Abend nicht erreicht und mich hierbehalten hat." Dabei stand er auf und holte seinen Schützling aus dem Bündel, das er die ganze Zeit mitschleppte. Er hielt ihn Frau Theobald hin und fragte: „Ist er nicht lieb?" Sie hatte Mühe, ernst zu bleiben.

Zweimal hatte es zaghaft an die Tür geklopft, jetzt rief sie laut: „Herein!" Eine verweinte, unglückliche Steffi erschien, hinter ihr Sabine.

„Na, Steffi, du hast wohl schon von deinen Eltern gehört, wie unverantwortlich du gehandelt hast?" Steffi nickte. „Also will ich nicht mehr davon reden. Kommt dein Vater?" Steffi nickte und Michi wurde ein paar Zentimeter kleiner. „Dann soll dein Bruder sich schnell umziehen, damit euer Vater nicht auf ihn warten muss. Kopf hoch, Michi! Jetzt musst du geradestehen für die Sechs in Latein und ebenso für dein Ausreißen."

Sie nickte den dreien zu und die liefen schleunigst ins Turmzimmer.

Es dauerte noch über eine Stunde, bis Herr Wagner erschien. Er machte nicht viele Worte. Zu Steffi sagte er nur: „Was deine Mutter heute Nacht durchgemacht hat, kannst du dir nicht vorstellen. Und das wäre nicht nötig gewesen, hättest du nur einen Funken Verantwortungsgefühl besessen.

Und du, Michael", fuhr er fort, „hast für die nächsten Wochen keine Erlaubnis, nach Hause zu kommen. Vor Weihnachten brauchst du dich bei uns nicht mehr blicken zu lassen. Deinen Hund nehme ich mit. Der soll unter deinem Leichtsinn nicht leiden. Wie man dich in der Schule bestrafen wird, weiß ich nicht."

Das war ein schlimmes Ende für die zwei. Michi nahm seine Strafe leichter, weil wenigstens Bazi in Sicherheit war. Steffi plagte sich länger mit ihrem schlechten Gewissen. Sie schrieb schließlich ihrer Mutter und bat sie um Verzeihung. Daraufhin schrieb ihre Mutter ihr einen so lieben Brief, dass Steffi ein Stein vom Herzen fiel.

Zwei schmoren in ihrem Ärger

„Wäre es nicht so kindisch, könnte man heulen über euch beide“, sagte Carlotta eines Abends zu ihren beiden Freundinnen Bobby und Jenny, die wieder einmal mit verstocktem Schweigen ins Bett gingen. „Ihr benehmt euch wie Erstklässlerinnen. Nie hätte ich euch für so blöd gehalten.“

Was war geschehen? Am Morgen nach der großen Geburtstagsfeier ging Frau Jenks in den Gemeinschaftsraum ihrer Klasse. Die Mädchen hatten am Abend recht ausgelassen zusammengesessen, besonders weil das Kollegium bei Mamsell feierte und so außer Sicht war.

Natürlich!, dachte Frau Jenks, so ungefähr habe ich es mir vorgestellt! Da standen Stühle und Tische wild durcheinander, Teller, Becher und leere Flaschen lagen in den Ecken oder waren noch auf den Tischen. Der Boden war voller Krümel. Schallplatten waren verstreut. Wahrscheinlich hatte die Bande ein richtiges Fest veranstaltet, getanzt und gefuttert bis zum „Gehtnichtmehr“. Und dann, als sie befürchten mussten, dass eine Aufsicht auftauchen würde, waren sie überstürzt verschwunden. Frau Jenks konnte sich in etwa vorstellen, was an dem Abend gelaufen war, und lächelte. Aber Ordnung musste sein – die Hausmädchen konnten das an diesem Sonntagmorgen unmöglich auch noch erledigen. Sie ging hinaus auf den Gang, um nach Schülerinnen aus ihrer Klasse zu sehen. Als Erste lief Jenny ihr über den Weg.

„Hallo, Jenny, komm mal her! Ich habe eben in euren Gemeinschaftsraum hineingeschaut – ein Anblick zum Weinen! Ihr müsst ihn nachher in Ordnung bringen."

Jenny nickte. Sie erinnerte sich dunkel an das Durcheinander, das sie hinterlassen hatten.

„Bitte, geh nach dem Frühstück hin – mit anderen natürlich. Allein schaffst du das gar nicht. Ich schaue kurz vor Tisch nach, wie weit ihr seid."

Jenny ging also mit den besten Vorsätzen hinunter in den Speisesaal. Es war noch Zeit bis zum Frühstück und sie entschloss sich zu einem kleinen Morgenspaziergang durch den Park.

Bobby war inzwischen auch fertig mit Anziehen und wollte bis zum Frühstück noch ein bisschen lesen. Als sie in den Gemeinschaftsraum kam, wo sie ein Buch liegen gelassen hatte, erstarrte sie. Das Zimmer sah ja schlimm aus! Wenn Frau Jenks das entdeckte, gab es bestimmt eine gesalzene Strafpredigt – dachte Bobby. Kurz entschlossen und tatkräftig wie sie war, machte sie sich ans Aufräumen. Statt zu lesen rückte sie Tische und Stühle zurecht, sammelte die Platten ein und verstaute sie im Schrank und stellte Teller und Becher zusammen. Da klingelte es zum Frühstück. Bobby sah sich um. Die schlimmste Unordnung war beseitigt. Die letzten Spuren von ihrer Abendfeier waren schnell zu entfernen. Sie ging mit dem befriedigenden Gefühl hinaus, dass Frau Jenks jetzt ruhig einen Blick ins Zimmer werfen könnte – es war einigermaßen in Ordnung.

Eigentlich wollte sie beim Frühstück ja berichten, was sie zum Wohl der ganzen Klasse getan hatte. Aber da war gerade eine lebhafte Diskussion im Gange, sodass sie gar nicht zu Wort kam und ihre Heldentat vergaß. Kurz vor Schluss des Frühstücks erschien Mamsell mit einem kleinen Mädchen, das sich später zum großen Vergnügen der Schule als verkleideter Bub herausstellte, und dann stürmten alle ins Freie. Die Sonne schien recht warm und diese letzten schönen Tage wollten alle im Freien genießen.

Auch Jenny war hinausgelaufen. Sie dachte überhaupt nicht mehr an ihren Auftrag. Der fiel ihr erst wieder ein, als zufällig die Wörter „gestern Abend“ fielen. Mit einem Schreckensschrei raste sie davon. Die anderen sahen ihr verwundert nach. Jenny stürzte in den Gemeinschaftsraum, aufs Schlimmste gefasst. Aber so schrecklich sah es dort doch gar nicht aus! Manchmal haben Lehrer eine komische Auffassung von Ordnung und Unordnung, dachte Jenny.

Sie lief zur Küche hinunter, holte einen großen Eimer, in den sie das Geschirr tun wollte, und nahm eine Kehrschaufel und einen Besen mit. In Windeseile fegte sie die Krümel zusammen, tat Flaschen, Teller und Becher in den Eimer und betrachtete ihr Werk. Halt – da waren noch Flecke. Schnell nahm sie Putztuch und Staublappen zur Hand (die lagen unter dem Waschbecken), wischte und polierte, bis alles glänzte. Mit Eimer, Besen und Schaufel ging sie gerade aus der Tür, als Frau Jenks erschien.

„Schon fertig?", fragte sie und warf durch die offene Tür einen Blick ins Zimmer. „Mein Kompliment, Jenny", rief sie erstaunt. „Da habt ihr euch aber angestrengt!"

„Wir?", fragte Jenny erstaunt zurück. „Das habe ich allein geschafft. Es war doch gar nicht so schlimm."

„So, findest du?" Frau Jenks sah Jenny lächelnd an. „Da bin ich aber anderer Meinung. Geradezu erschrocken war ich heute Morgen bei dem Anblick." Jenny wusste darauf keine Antwort und Frau Jenks fuhr fort: „Jedenfalls mein ganz großes Lob, Jenny. Ich hätte dir das nie zugetraut. Sehr flott hast du gearbeitet." Damit ging sie.

Draußen auf dem Flur stand Bobby. Jenny wollte gerade zu ihr sagen: Manchmal muss man sich doch ganz schön wundern über die Lehrer, da spottete Bobby: „Ei, die tüchtige Jenny hat aber ein verdientes Lob bekommen. Das tut gut, nicht wahr?“

„Was willst du damit sagen?“, fragte Jenny.

„Dass ich die Unverfrorenheit bewundere, mit der du dieses Lob geschluckt hast.“

„Ich fand ja auch, dass es übertrieben war. Aber wenn Frau Jenks entzückt ist, dann kann es mir nur recht sein.“

Jenny wollte weggehen, aber Bobby hatte noch lange nicht ausgeredet. „Schämst du dich nicht?“, rief sie. „Du weißt ganz genau, dass du hier so gut wie nichts getan hast. Nicht dass ich selber gelobt werden möchte – deshalb habe ich heute Morgen wirklich nicht aufgeräumt –, aber dass du dich einschmeichelst, während ich geschuftet habe, das ist doch die Höhe!“

„Du hast geschuftet? Wann denn? Ich habe nichts davon gemerkt“, antwortete Jenny. „Aber wenn es dich beruhigt, kann ich ja noch zu Frau Jenks gehen und das bei ihr richtigstellen ...“

„Untersteh dich! Dadurch machst du es auch nicht besser. Ich finde es bloß interessant, was ich da eben festgestellt habe.“

„Hab dich doch nicht so“, fing nun Jenny zu schimpfen an. „Ich weiß nicht, was und wann du gearbeitet hast. So schlimm wird es kaum gewesen sein. Wenn ich mich neulich auch so angestellt hätte, als ihr meinen Vorschlag taktlos fandet!“

„Was für einen Vorschlag?“

„Dass wir alle Streiche aufführen könnten, die wir Mamsell gespielt haben.“

„Ich habe damals freilich nichts von taktlos gesagt. Aber wenn ich es recht überlege: Es war wirklich taktlos, was du vorhattest.“

„So, dann weiß ich ja Bescheid, was du von mir hältst.“ Sie ging hinaus und schmetterte die Tür hinter sich zu, dass es durch das ganze Haus schallte.

Die beiden Kampfhähne gingen sich von da an aus dem Weg. Sobald Bobby Jenny nur von Weitem sah, machte sie kehrt. Und als Carlotta Jenny einmal fragte: „Geht Bobby heute ins Dorf?“, bekam sie nur die schnippische Antwort: „Musst sie selber fragen.“

Das wurde den anderen auf die Dauer zu bunt. Sie waren es ja gewöhnt, dass die Freundinnen zusammenhielten. Doch so viel sie auch fragten – keine von beiden wollte den Grund für die plötzliche Feindschaft verraten.

„Dann schmort in eurem Ärger“, sagte Carlotta an diesem Abend entrüstet. „Aber verlangt nicht, dass wir groß Notiz davon nehmen!“

Nach zwei Tagen raffte sich Jenny schließlich auf. „Bobby, ich wusste damals wirklich nicht, dass du schon vorher aufgeräumt hattest. Sonst hätte ich das Frau Jenks natürlich gesagt. Wollen wir uns nicht doch wieder vertragen?"

Bobby war heilfroh, dass Jenny den ersten Schritt tat. „Gut", war ihre Antwort, „bis zu Mamsells Sechzigstem, dann räche ich mich."

Ein Wettkampf – Lindenhof gegen Eichenwald

Der Tag des Wettspiels war gekommen. Die Mannschaft der Eichenwaldschule erschien schon zum Mittagessen, weil die Tage im Dezember nur kurz waren. Die Hausmutter hatte Gulasch und Knödel vorbereitet.

„Aber nur einen Knödel bitte, nicht mehr“, mahnte Alexa. „Sonst seid ihr müde, wenn das Spiel angeht.“

„Und ich habe gerade heute schrecklichen Appetit“, murrte Katrin, doch es half nichts. Die Schüssel wanderte bei der zweiten Runde an ihr vorbei.

„Kannst dich heute Abend vollstopfen“, tröstete Lexa. „Oder auch schon nachmittags beim Tee.“

Die oberen drei Klassen von Lindenhof waren vollzählig am Spielfeld und auch von den Jüngeren kamen welche. Die Eichenwalder hatten ebenfalls ein paar Schlachtenbummler mitgebracht, die ihre Spielerinnen anfeuern sollten. Es war recht kühl, obwohl die Sonne schien. Ein paar Zuschauerinnen verkrümelten sich deshalb bald, weil sie auch in warmen Mänteln oder Anoraks froren. Elli war heilfroh, als Andrea erklärte: „Die anderen werden uns heute Abend sicher über das Spiel berichten. Mich friert." Elli folgte ihr schleunigst, sie war ja nur Andreas wegen mit hinausgegangen. „Geht nur", riefen die anderen lachend. „Ein fürstliches Vergnügen ist Handball sowieso nicht."

„Fürstliches Vergnügen?" Andrea schüttelte verständnislos den Kopf. „Eine merkwürdige Art, sich auszudrücken!"

Das Spiel begann. Schon in den ersten fünf Minuten schoss die andere Mannschaft ein Tor. Katrin, Torhüterin der Lindenhofer, wurmte das sehr. Doch der Ball war einfach nicht zu halten gewesen. Blitzschnell hatten die Eichenwalder einen überraschenden Treffer gelandet.

Aber da hatte Nanni den Ball erwischt und lief mit ihm zur anderen Seite hinüber. Eine Gegnerin wollte danach greifen, doch Nanni konnte ihn gerade noch zu Grit hinüberwerfen. Grit gab ihn an Margret weiter und ... „Tor! Tor!", schrien die Lindenhofer begeistert. Der Ausgleich war da.

Wieder hatte Nanni den Ball und warf ihn hinüber zu einer aus der Fünften, die nahe am gegnerischen Tor stand. Doch die war nicht flink genug – ein Mädchen aus Eichenwald fing ihn ihr vor der Nase weg. Wieder kam er in gefährliche Nähe vom Lindenhofer Tor. Aber diesmal stand Katrin bereit wie eine Katze, die auf keinen Fall die Maus durchlassen will. Und sie fing den Ball! „Gut, Katrin, bravo!", klang es von allen Seiten.

Jetzt waren die Spielerinnen erst richtig in Fahrt.

Der Ball flog übers Feld ... hin und her ... die Mädchen rannten ihm nach, spielten ihn sich zu ...

Zweimal gelang den Eichenwaldern noch ein Tor, obwohl Katrin es wie eine Löwin verteidigte. Es war eben eine ausgezeichnete Mannschaft, die Lindenhof gegenüberstand. 3:1 stand es für die Gäste, als der Schiedsrichter zur Halbzeit pfiff. Zehn Minuten Pause, dann wechselten sie die Seiten. Nun ging es um die Wurst!

Marianne hielt sich möglichst dicht am Kreis und wartete, dass eine Kameradin ihr den Ball zuwarf. Da ... Grit hatte ihn gefangen und jagte auf Marianne zu. Jetzt! Marianne fing ihn geschickt und knallte ihn mit aller Macht ins Tor. 3:2!

Fast wurde es von nun an ein Spiel, an dem nur Nanni, Marianne und Grit beteiligt waren. Sie fingen den Ball, spielten ihn sich wunderbar zu – einen Pass nach links, einen Pass nach rechts – und ließen von den Eichenwaldern gar keine heran. Wieder ein großartiger Schuss, diesmal durch Grit, und ganz unerwartet für die Torhüterin: Es stand 3:3!

Aber dann setzten die Eichenwalder alles daran, das nächste Tor zu werfen. Ihre Läuferinnen jagten dem Ball nach, damit er nicht an Lindenhof geriet.

Die Zuschauerinnen waren aufs Höchste gespannt. Bobby

und Jenny kniffen sich vor Aufregung in die Arme und Hanni hielt die Arme hoch: Sie drückte beide Daumen.

Da: Schuss aufs Tor von Lindenhof ... sie wagten kaum zu atmen. Aber Katrin war auf der Hut gewesen. Sie hechtete dem Ball entgegen und hielt ihn fest. Tobende Begeisterung bei den Zuschauerinnen, strahlende Gesichter bei den Spielerinnen.

„Noch drei Minuten", sagte Marianne zu Grit. „Wir müssen es schaffen." Aber das wollten die Eichenwalder auch. Das Spiel war von Anfang an spannend und hart gewesen, jetzt, da es um Minuten ging, wurde es atemberaubend.

Plötzlich bekam Grit, die gerade frei stand, einen herrlichen Pass von außen zugespielt. Nur noch ein paar Sturmschritte aufs gegnerische Tor zu ... sie visierte die linke untere Ecke an ... doch die Lederkugel sauste genau in die rechte untere Ecke ... TOR!!! Die ausgetrickste Torhüterin der Eichenwalder schaute verdutzt dem Ball nach. Eine halbe Minute vor dem Abpfiff.

Der Jubel nahm kein Ende. Grit, die scheue, zurückhaltende Grit, war plötzlich die Heldin des Tages, der Mittelpunkt des ganzen Internates.

„Du warst toll", sagte Lexa und schlug ihr voll Anerkennung auf die Schulter. „Welch Glück für uns, dass du hier bist!" Grit lächelte Lexa an, aber bei deren letzten Worten zog ein Schatten über ihr Gesicht und sie schwieg.

„Ein merkwürdiges Mädchen", sagten die anderen. „Einen Augenblick lang schien sie sich zu freuen und sie lachte sogar. Nun zieht sie sich schon wieder in ihr Schneckenhaus zurück."

„Ja", meinte eine andere, „ich möchte wirklich wissen, was mit ihr los ist."

Wiedersehen mit den Funkelsteinern

„Nur noch knapp drei Wochen bis zu den Weihnachtsferien", sagte Doris, als sie nach dem Abendessen noch im Gemeinschaftsraum zusammensaßen. „Sollen wir nicht einen Gruß an die Mädchen von Funkelstein schicken? Wir haben doch eine schöne Zeit miteinander verbracht und uns prima mit ihnen verstanden."

„Tun wir!" Alle stimmten zu und sie fingen schon am nächsten Abend an, einen langen Brief aufzusetzen. Nach zwei Tagen war er fertig, mit Fotos ergänzt und mit Unterschriften der ganzen Klasse versehen.

Die Antwort traf umgehend ein – eine sehr überraschende und unverhoffte Antwort. Es war eine Einladung ... nicht nach Funkelstein, sondern in die Stadt Flinsberg, die etwa auf halbem Weg zwischen beiden Schulen lag. Dort sollten die Funkelsteiner in der kommenden Woche am Samstagnachmittag ein Konzert geben.

„Wir haben schon mit Dr. Hartmann gesprochen", schrieben die Mädchen. „Er lässt euch grüßen und schließt sich der

Einladung an. Er will sogar selber an Frau Theobald schreiben – so von Schulleiter zu Schulleiter! – und sie bitten, dass ihr kommen dürft. Wir bleiben bis Sonntag in Flinsberg, weil wir am nächsten Tag noch ein Konzert geben. Wenn ihr also am Samstag nach dem Konzert ein wenig Zeit habt, können wir vielleicht noch etwas miteinander unternehmen."

Ob Frau Theobald die Fahrt erlaubte? Es wäre zu schön! Hilda, als Klassensprecherin, gab den Brief der Funkelsteiner Mädchen zunächst Frau Jenks. Sie schien nichts dagegen zu haben. „Wollen denn alle mitfahren?", fragte sie.

„Freilich, sogar Grit und Andrea."

„Dann will ich Frau Theobald gern von eurem Plan erzählen."

Die Direktorin hatte inzwischen schon den Brief von Herrn Dr. Hartmann erhalten. Auch sie war mit der Fahrt einverstanden. Aber sie erkundigte sich, ob vielleicht ein paar aus den beiden oberen Klassen sich anschließen wollten.

So fuhren am zweiten Samstag im Dezember die beiden Busse des Internates los. Die Mädchen waren gespannt und freuten sich. Ein Treffen vor dem Konzert klappte nicht. Die Funkelsteiner mussten in dem fremden Saal noch einmal zur Probe.

Sie spielten und sangen wie die Engel. Kaum zu glauben, dass die jungen Musikanten und Sänger da vorn die gleichen

Jungen und Mädchen waren, mit denen sie am Abend vor der Rückkehr nach Lindenhof noch ein ausgelassenes Fest gefeiert hatten!

Erst später zum Abendessen trafen sich alle. Die alten Gruppen bildeten sich zur Wiedersehensfeier.

„Wie geht es unseren Patenkindern?“, war die erste Frage der Zwillinge. Und sie erzählten Grit, die neben ihnen saß, von den Zwillingen im Forsthaus, die im September auf die Welt gekommen waren und nach ihnen Hanni und Nanni genannt wurden. Margit, die große Schwester der Babys, hatte Fotos mit: Die beiden waren enorm gewachsen und ähnelten sich genauso sehr wie die großen Zwillinge Hanni und Nanni.

Die Freundinnen von der Burgschule fragten nach Mamsell. Die Arme, sie hatte ein paarmal Bekanntschaft mit Burggespenstern machen müssen! Und die Lindenhofer erzählten, dass gerade Mamsell zwei Wochen vorher als Geburtstagskind gefeiert worden war.

„Ach, es war schon eine schöne Zeit, die wir zusammen verbracht haben!“ Das klang aus allen Gesprächen und es gab einen herzlichen Abschied, als Frau Theobald schließlich zum Aufbruch mahnte.

Als sie am nächsten Abend ins Bett gingen, sagte Hilda: „Sonderbar ist es schon, dass Andrea der Fünften die Tänze so fabelhaft beigebracht hat. Ich möchte wissen, was dahintersteckt."

Das Gleiche dachten bestimmt viele Mädchen, aber sie hatten bisher vergeblich bei Andrea zu bohren versucht. Sie schwieg hartnäckig. Ihre Getreuen, die ihre „Prinzessin" nach wie vor umschwärmten, waren besonders enttäuscht, weil sie so gar nichts erfahren konnten. Sie glaubten fast, Andrea hätte zur Bühne gehen wollen. Das hätte aber ihre fürstliche Familie nicht erlaubt und sie sozusagen in die Verbannung geschickt.

In die Verbannung! Da empörten sich manche, denn Lindenhof war nun wirklich alles andere als eine Verbannung! „Aber bedenkt doch", entgegneten Andreas Anhängerinnen, „wie viel schwerer sie es hier hat! Niemand ist da, der sie bedient. Ihr Bett muss sie allein machen, ihre Sachen richten ..."

„Hört bloß auf", protestierten einige. Und die Zwillinge, die zuerst von Andreas „Hofstaat" gesprochen hatten, redeten nur noch von ihren „Hofnarren".

Die Obernärrin war nach wie vor Elli. Die Erfahrung mit Dany hatte sie nicht klüger gemacht. Im Gegenteil. Sie stellte fest, dass sie doch von vornherein richtig getippt hatte: Andrea war einfach unvergleichlich viel vornehmer als Dany. Sie wurde von Elli nur noch verächtlich als „Abenteurerin" bezeichnet.

„Aber Menschen wie du sind schuld daran", sagte Carlotta

einmal zu ihr, „dass sich solche Angeber überhaupt durchsetzen können."

„Wieso?", fragte Elli erbost.

„Du bist ein Dummkopf, Elli", antwortete Carlotta grob. „Komm, Bobby, wir gehen."

Dann jedoch erfuhren die Mädchen eine tolle Neuigkeit. Tessie aus der Fünften, die den Cancan mitgetanzt hatte, platzte zu den Zwillingen ins Zimmer. Hilda und Grit waren auch da.

„Kinder, ich muss euch etwas zeigen!" Sie legte eine Zeitschrift vor sie hin. Aufgeschlagen war eine Seite mit Fotos von einer Balletttänzerin. Überschrift: „Ein neuer Stern am Ballethimmel." Das Mädchen, welches in Szenen aus „Schwanensee" gezeigt wurde, hätte Andrea sein können. Unverkennbar war die Ähnlichkeit.

„Zeig her", rief Hanni und fing an, den Text zu den Bildern laut vorzulesen: „Die junge Tänzerin Bettina Harrach macht zurzeit auf englischen Bühnen Furore ..." Hanni legte das Blatt beiseite. „Bettina Harrach, vermutlich Andreas Schwester. Das erklärt alles."

„Was denn alles?", fragte Grit, die bis dahin still dabeigesessen hatte. Sie wusste nichts von den Gerüchten um Andrea.

„Nun, ihr ganzes Auftreten und Gehabe", versuchte Nanni zu erklären, „die Selbstverständlichkeit, mit der sie eine

Sonderstellung einnimmt, die Tatsache, dass es für sie anscheinend ganz normal ist, angehimmelt zu werden, das geringe Interesse an der Schule ..."

„... und dass sie uns Quadrille und Cancan so gut beibringen konnte", setzte Tessie hinzu.

„Ich bin dafür, wir zeigen ihr die Zeitschrift", meinte Hilda. „Dann werden wir ja sehen, was sie dazu sagt."

Nun – sie lachte. Die Zwillinge und Tessie waren zu ihr gegangen und zeigten ihr die Zeitung. „Seid ihr also endlich hinter mein Geheimnis gekommen!", rief sie. „Es hat mir diebischen Spaß gemacht, euch ein bisschen herumrätseln zu lassen!"

„Warum hast du es uns nicht erzählt?"

„Anfangs hat niemand gefragt. Viele taten so, als wüssten sie Bescheid über mich."

„Ja, das glaubten sie auch. Aber weißt du, wofür sie dich hielten? Für eine Prinzessin!"

„Für eine ..." Andrea schwieg verblüfft. Dann warf sie sich in den nächsten Stuhl und lachte schallend. „Wie sind sie bloß darauf gekommen?"

Sie erzählten ihr die ganze Geschichte und Andrea sagte: „Hätte ich eine Ahnung davon gehabt, dann müsste ich sie jetzt nicht enttäuschen. Da stand ich sozusagen in Konkurrenz mit Dany?"

„Nur für unsere liebe Cousine“, verbesserte Nanni. „Die anderen wissen nichts davon, dass Elli hin- und hergerissen war. Wie willst du ihnen nun die Wahrheit beibringen?“

„Kein Problem“, antwortete Andrea leichthin. Am gleichen Abend noch schlug sie im Gemeinschaftsraum an ein Glas, das sie extra mitgebracht hatte, und sagte in die Stille hinein: „Liebe Mitbürgerinnen – nein, Mitstreiterinnen in diesen würdigen Hallen. Ich habe erst heute erfahren, welch unverdiente Würde ich durch eure Mithilfe erlangt habe. Ich muss euch aber leider enttäuschen: Eure Vermutungen sind falsch. Ich bin weder eine Prinzessin noch eine Baroness noch irgendein kleines Fräulein von ..., sondern eine ganz schlichte Andrea Harrach. Sogar das schwarze Schaf bin ich in unserer Familie. Meine Eltern sind Künstler, meine Mutter gibt Klavierkonzerte, mein Vater spielt den Wilhelm Teil und ähnliche Heldenrollen und mein Schwesterchen tanzt. Tanzen wollte und sollte ich auch. Aber dann wuchs ich und wuchs über eine zierliche Tänzerinnenfigur hinaus. Das war ein Schlag! Seht euch einmal die Zeitung an, die Tessie mitgebracht hat. Darin ist meine Schwester abgebildet. Sie ist viel zierlicher als ich. Deshalb kann ich auch nie das Gleiche erreichen wie sie. Und dafür das viele, harte Training? Ohne mich! Es gab einen Riesenkrach zu Hause. Ich wurde, wie ich schon sagte, das schwarze Schaf der Familie. Und zum Schluss schickten sie mich zu Frau Theobald, damit ich nicht ganz verkomme."

Das war ein Donnerschlag! Die Prinzessinnen-Garde fühlte sich glatt betrogen, und sie ließen es Andrea fühlen. Aus war es mit den treuen Diensten! Sie kümmerten sich nicht mehr um Andrea. Und wenn sie um eine Gefälligkeit bat, dann hatten sie Ausreden. Sie waren einfach beleidigt – sie schämten sich über ihre eigene Dummheit. Nun zeigte es sich, dass Andrea im Grunde gar keine Freundin gehabt hatte, nur Anhängerinnen, blinde, gedankenlose Anhängerinnen.

Die einzige Ausnahme war Elli.

„Das finde ich nun wieder nett von Elli", sagte Hilda zu den Zwillingen, „sie ist nach wie vor freundlich und hilfsbereit Andrea gegenüber."

„Ich habe das auch schon gedacht", sagte Nanni, „und habe mich gefreut. Aber eigentlich ist das doch selbstverständlich."

„Schon! Aber beobachte mal die anderen: Suse und Katrin und Christel, wie die sich benehmen! Auch einige aus den anderen Klassen. Sie schneiden Andrea jetzt förmlich."

„Dabei konnte Andrea wirklich nichts dafür, dass die anderen ihr die Prinzessin andichteten", sagte Hanni. „Sie waren einfach dumm, dass sie auf Uschis Gerede reinfielen."

„Was erzählt ihr da eigentlich immer von einer Prinzessin?", fragte Grit. „Wer soll das sein?"

„Freilich, du kannst das nicht verstehen." Und nun schilderten sie ihr lachend, was Uschi damals ausgekundschaftet hatte. „Eigentlich bist du nun die Einzige, die noch das Fürstenkind sein könnte", sagte Hilda nachdenklich. „Drei Neue kamen und zwei waren gutbürgerlich. Da bleibt die Würde an dir hängen, Grit."

„Lieber nicht", rief Grit und das klang so kläglich, dass ihre Zimmerkameradinnen lachen mussten.

„Da brauchst du dir keine Sorgen zu machen", wurde sie von Nanni getröstet. „Du bist viel zu bescheiden für eine Prinzessin, zu schlicht und zu scheu. Du könntest unseren Herrschaften nicht imponieren."

„Wie gut!" Grit seufzte so erleichtert, dass die anderen drei wieder lachen mussten.

Ärgerlich war Andreas Bekenntnis auch für Uschi. Die wurde jetzt gehänselt oder auch gescholten, weil sie so geschwätzig war.

„Wo ist deine Prinzessin geblieben, du Supergescheite? Oder willst du jetzt vielleicht behaupten, Grit Berger sei eine? Kannst es ruhig sagen. Dir glaubt sowieso niemand mehr."

Uschi streckte den anderen die Zunge heraus. „So dämlich bin ich nicht, dass ich die armselige Grit für eine Prinzessin halte. Sie ist eher ein Aschenbrödel."

„Ja“, sagte Bobby. „Vergiss aber nicht, Uschi: Das Aschenbrödel wurde eine Königin.“

„Das passiert Grit bestimmt nicht“, knurrte Uschi wütend.

Es war wirklich nicht schön, wie sich die ehemaligen Andrea-Anhängerinnen benahmen. Sie kehrten ihr den Rücken zu oder verließen sogar das Zimmer, wenn sie kam.

„Die Theaterprinzessin“, sagte Suse einmal und das klang hässlich und böse.

Elli hatte es gehört und sagte: „Freilich ist sie eine halbe Theaterprinzessin. Ist das nicht hübsch? Ich freue mich, wenn sie erzählt.“ Ihr gefiel es, wenn sie abends mit Andrea zusammen sein konnte und sie ihr vieles erzählte. Und so schlossen die beiden grundverschiedenen Mädchen miteinander Freundschaft.

Jetzt sprachen aber auch Hilda, die Zwillinge, Carlotta und sogar Jenny und Bobby öfter mit Andrea – alle, die vorher über ihren Hofstaat gespottet hatten.

Marianne kam sogar mit einem Vorschlag zu ihr: „Kannst du uns nicht ein bisschen Unterricht in Ballett geben. Ein paar haben große Lust dazu. Oder magst du nicht?“

Andrea sah Marianne mit großen Augen an: „Kannst du hellsehen? Ich habe nämlich wieder ein bisschen Lust zum Tanzen bekommen, seit ich mit der Fünften übe. Ist das nicht komisch? Und ich habe manchmal schon gedacht: Wenn ich selber nicht Tänzerin werden kann, dann vielleicht Tanzlehrerin."

„Wir müssen Frau Theobald fragen, ob sie erlaubt, dass du uns unterrichtest."

Frau Theobalds Antwort war für beide eine arge Enttäuschung. Sie sagte: „Nein."

Einen Augenblick schwiegen beide Mädchen völlig verblüfft. Mit dieser Absage hatten sie nicht gerechnet. Dann fragte Marianne: „Warum nicht, Frau Theobald? Ich glaube, dass viele gern mitmachen würden."

„Davon bin ich überzeugt", antwortete die Direktorin. „Aber ich kann Andrea nicht die Erlaubnis geben. Du stehst so schlecht in deiner Klasse", wandte sie sich an Andrea, „dass es einfach eine Schande ist. Du bist keineswegs dumm, du bist bloß faul. Alle Lehrerinnen klagen. Du arbeitest nicht, du zeigst nicht das geringste Interesse am Unterricht. Kurz, du magst einfach nicht. Das sind wir in Lindenhof nicht gewöhnt. Es ist unser Stolz, dass unsere Schülerinnen hier etwas lernen. Aber du gibst dir keine Mühe. Den anderen gegenüber ist deine Haltung unfair."

Andrea stand betreten da. Sie war ehrlich genug, sich zu sagen: Frau Theobald hat recht.

Marianne war genauso betroffen. Sie konnte sich gut in Andreas Lage versetzen. Sie selber war ja einmal genauso verstockt und faul gewesen – in der ersten Zeit in Lindenhof.

Damals hatte sie sich gekränkt gefühlt, weil ihre Eltern sie ins Internat geschickt hatten. Und nun war sie so gern hier!

„Ja, Andrea“, fuhr Frau Theobald fort, „es tut mir leid, dass ich dir das sagen muss. Deine Eltern wissen Bescheid. Sie wollen, dass du während der Ferien in ein anderes Heim gehst, wo du unter strenger Aufsicht bist. Lindenhof schließt ja für ein paar Wochen. Ich habe ihnen aber geschrieben, dass ich es im nächsten Jahr noch einmal mit dir versuchen will. Und ich verspreche dir außerdem: Wenn du dich anstrengst und bis Ostern aufholst, was du in diesen Wochen durch deine Nachlässigkeit versäumt hast, dann reden wir noch einmal über euren Plan.“

Stumm verließen Marianne und Andrea das Zimmer der Direktorin. Marianne schwieg zunächst über diese Unterredung. Aber dann erkundigten sich ein paar: „Wird etwas aus dem Ballettunterricht? Hat Frau Theobald es erlaubt?“ Da deutete sie in knappen Worten an, wie es Andrea ergangen war.

Das erfuhr auch Petra. Sie ging zur Direktorin und bat: „Darf ich Andrea über Weihnachten mit nach Hause nehmen? Meine Eltern haben schon oft gesagt, dass ich eine Mitschülerin mitbringen soll. Ich bin doch ihr einziges Kind und sie wünschen sich Gesellschaft für mich. Vielleicht kann ich mit Andrea ein bisschen lernen. Dann kommt sie nach den Ferien besser mit." Mit bittenden Augen sah sie die Direktorin an.

Frau Theobald war ein gütiger Mensch und die Aussicht auf Andreas traurige Weihnachtsferien hatte sie schon sehr bedrückt. Deshalb ging sie gern auf Petras Angebot ein. Andrea freute sich sehr, als sie davon erfuhr, und sie fasste viele gute Vorsätze.

Warum tut Grit so geheimnisvoll?

„Hanni, Hanni, komm bitte mal her! Wir müssen dir etwas Wichtiges erzählen“, rief Carlotta, die mit Bobby aus dem Park kam. Sie nahmen Hanni beiseite, damit niemand sie belauschen konnte, und erzählten: „Ihr habt euch wahrscheinlich eine schöne Laus in den Pelz gesetzt. Wir haben euren Schützling Grit eben in einer recht verfänglichen Lage beobachtet.“

„Grit?“, fragte Hanni entsetzt.

Doch Bobby erzählte schon weiter: „Sie stand vor ein paar Minuten hinten im Park und unterhielt sich mit irgendeinem komischen Gammler, der an der anderen Seite des Zaunes lehnte. Ein sehr gutes Gewissen schien sie nicht zu haben. Sie blickte sich mehrfach um, ob sie auch niemand bemerkte.“

„Euch hat sie jedenfalls nicht entdeckt?“

„Nein, so schlau waren wir freilich, dass wir hinter eine Bank ins Gebüsch krochen. Das Laub ist ja noch dicht.“

„Und dann?“

„Dann? Na hör mal: Genügt es nicht, dass sie sich heimlich

mit einem wildfremden Mann trifft? Sie, die sonst kaum den Mund auftut?“

„Merkwürdig ist es schon“, gab Hanni zu. „Aber man sollte Grit fragen und eine Erklärung verlangen.“

„Untersteh dich!“, fuhr Carlotta auf Hanni los. „Wir wollen abwarten, ob so etwas öfter geschieht. Nur solltet ihr vorsichtiger sein, deshalb erzählen wir es dir.“

„Wir sagen es euch nur in eurem eigenen Interesse“, fügte Bobby ernsthaft hinzu.

Hanni schwieg einen Augenblick. Dann lachte sie plötzlich laut und sagte: „Ist es nicht ein Witz, Carlotta, dass ausgerechnet du bei Grits Stelldichein etwas Verdächtiges witterst?“

„Wieso?“, fragte Bobby.

„Weil es kurz nach Carlottas Ankunft in Lindenhof ähnlich zuging. Warst du damals noch nicht hier, Bobby, du kluges Kind?“

„Doch, aber ich war selber neu. Ein bisschen habe ich allerdings mitgekriegt.“

Hanni erinnerte beide: „Carlotta war genauso geheimnisumwittert wie Grit. Was es war, dahinter kamen wir nicht. Da sah Helene eines Tages, wie Carlotta heimlich, still und leise aus dem Garten ging, und schlich hinterher. Sie ging zu einem Platz, auf dem ein Zirkuszelt aufgeschlagen war, und sprach dort mit einem jungen Mann. Helene erzählte uns das später und meinte, Carlotta sei gewiss ein Zirkusmädchen. Das stimmte ja auch. Freilich gelang es Helene nicht, sie dadurch bei uns schlechtzumachen. Wir alle mochten Carlotta sehr gern."

Hochrot vor Verlegenheit stand Carlotta dabei. Natürlich hatte Hanni recht: So war es damals gewesen. „Aber das war doch etwas ganz anderes", stammelte sie. „Es waren ja meine alten Zirkusfreunde, mit denen ich mich traf."

„Woher sollten wir das wissen? Die alte Petze Helene verfolgte dich und wollte bei dir irgendeinen dunklen Punkt aufdecken, genauso wie ihr es jetzt bei Grit macht."

Carlotta überlegte. „Du hast recht. Wir werden es nicht weitererzählen."

Von da ab versuchte wenigstens Carlotta, die alte Freundschaft mit den Zwillingen wieder aufleben zu lassen. Aber sie hörte deshalb doch nicht auf, Grit zu belauern. Und es kam noch zweimal vor, dass sie die Neue sah, wie sie mit dem unbekannten Fremden eifrig und lange redete.

Die Zwillinge waren selber unsicher geworden. Gewiss, Frau Theobald hatte sich für Grit eingesetzt. Aber dennoch ... ein Unbehagen blieb.

Warum sprach Grit nie von ihrem Zuhause? Sie musste doch spüren, dass sie zu ihr hielten. Da war es einfach unverständlich, dass sie sich so vor ihnen verschloss.

Die Zwillinge konnten nicht mehr so unbefangen zu Grit sein wie früher. Es war eine schwierige Zeit für sie. Sie hatten den besten Willen gehabt, Grit zu helfen. Aber dieser gute Wille erlahmte allmählich.

Hilda schien es nicht viel anders zu gehen. Doch sie war von Natur aus ruhiger, gelassener und ließ eher die Dinge auf sich zu kommen. Die Zwillinge wollten immer sofort handeln.

Eines Tages sagte Grit zu den Schwestern, als die beiden allein auf dem Hof standen: „Ich muss was Wichtiges mit euch besprechen."

„Komm mit", meinte Hanni. Und Nanni sagte: „Am besten gehen wir in unser Schlafzimmer. Hilda ist unterwegs ins Dorf und wir schließen einfach ab."

„Ich werde verfolgt", fing Grit an zu erzählen. „Was soll ich tun?"

„Verfolgt?", fragte Nanni erstaunt. „Ist es der Mann, mit dem du ein paarmal draußen an der Mauer standst und dich unterhalten hast?"

„Nein, der brachte mir bloß wichtige Nachrichten, sehr wichtige. Woher weißt du das übrigens?", fragte sie. „Ich dachte, niemand hätte mich gesehen."

„Liebe Grit, in Lindenhof kann man kaum etwas heimlich machen. Es gibt immer genug Leute, die ihre Nase mit

Vorliebe in fremde Angelegenheiten stecken. Man hat uns sogar vor dir gewarnt. Wir sollten dir lieber nicht trauen."

„Und?"

„Was und?"

„Misstraut ihr mir nun?"

Die Zwillinge sahen sie stumm an. Schließlich sagte Hanni: „Wir wissen nichts von dir und deine Treffen sind schon merkwürdig. Es wäre gut, wenn du uns ein bisschen von dir erzähltest. Wir könnten dich dann bei den anderen besser verteidigen."

„Aber ich habe doch versprochen zu schweigen. Frau Theobald habe ich es versprochen und ... und noch jemand anderem ..."

„Und wer verfolgt dich nun?"

„Ein Mann und eine Frau aus meiner Heimat. Ich weiß seit Langem, dass sie hinter mir her sind. Aber alle dachten, hier fände mich niemand. Heute habe ich sie aber wieder gesehen."

„Wo?"

„Ich traf mich wieder mit ... mit einem meiner Beschützer. Mit einem Mal sah ich die beiden auf der Landstraße. Der Mann zeigte zum Internat hinüber. Ich konnte dem ... dem Boten gerade noch Bescheid geben, dann lief ich ins Haus."

Grit sah die Zwillinge kläglich an.

„Und was wollen die von dir? Darfst du uns das verraten?"

„Rauben wollen sie mich. Kidnappen nennt man das wohl. Und sie wollen andere damit erpressen."

„Kinder, Kinder!", rief Hanni. „Das klingt mehr als abenteuerlich. Aber ich glaube dir. Frau Theobald vertraut dir ja und auf sie kann man sich verlassen. Doch was sollen wir tun?"

„Ich weiß es eben nicht", sagte Grit leise. „Gehe ich zu der Direktorin, dann fürchtet sie, dass ich hier nicht mehr sicher bin und schickt mich weg. Weiß ich aber, ob an dem neuen Ort die alte Geschichte nach einer Weile nicht wieder anfängt? Und bei was für Menschen werde ich dann sein? Frau Theobald ist sehr freundlich zu mir und ihr ... Solche Freundinnen kriege ich bestimmt nicht wieder."

Das war ja nun sehr nett gesagt.

Die Zwillinge versprachen Grit kameradschaftlich: „Wir werden dir helfen."

Eine Weile überlegten sie. Dann sagte Hanni: „Eines steht fest: Du darfst nie allein bleiben – nicht mal hier in der Schule! Draußen schon gar nicht. Eine von uns wird jetzt immer bei dir sein."

Das machten sie von nun ab auch. Grit sah die beiden Verdächtigen nicht wieder und beruhigte sich allmählich. Sie wagte sich öfter nach draußen und ging in den Park. Aber immer in Begleitung von Hanni oder Nanni. Sie traf sich eines

Tages sogar wieder mit einem Fremden. Nanni blieb ein Stück davon entfernt stehen und behielt Grit im Auge. Nichts geschah …

Deshalb wagte Grit sich eines Tages sogar mit Hanni ins Dorf. Sie brauchte Wolle zum Stricken und wollte sie gern selber aussuchen. Nach einer knappen Stunde kam sie keuchend durchs Tor gelaufen.

Nanni stand gerade mit Carlotta und Hilda in der Haustür und rief ihr zu: „Warum hast du es denn so eilig? Und wo steckt Hanni?“

„Sie muss bald hier sein. Ich bin bloß gerannt, weil ich meine beiden Verfolger wieder sah.“

Carlotta und Hilda blickten sie verständnislos an. „Ach so … ja, Nanni, erkläre es ihnen bitte. Aber erzählt nichts weiter, hört ihr?“

„Schon gut“, versicherte Carlotta. „Geh jetzt vor allem erst mal auf dein Zimmer und ruh dich aus.“

„Ja“, sagte Hilda, „komm, Grit!“

„Und wir beide“, sagte Carlotta zu Nanni, „wir halten Ausschau nach Hanni. Inzwischen müsste sie hier sein.“

Hanni kam nicht. Nanni lief durch den Park und rief laut ihren Namen. Sie sah zur anderen Straßenseite hinüber. Carlotta trat vors Tor … keine Hanni.

Nanni kämpft um ihre Schwester

Aber da lief ein Junge aus dem Dorf auf Carlotta zu, fragte leise: „Du gehörst doch zur Schule?“, und drückte ihr, als sie nickte, einen Zettel in die Hand. Sie sah sich um – niemand war in der Nähe. Sie suchte Nanni und beide entzifferten den Zettel.

„Schulmädchen gefangen“, stand da. „Sie wird frei, wenn die Fremde sich freiwillig stellt. Sie soll zum Steinbruch gehen. Kurz vor dem Steinbruch steht ein großer Baum. Dort soll sie warten.“

Die beiden sahen sich an, Nanni in Todesangst. Würde Hanni etwas geschehen? Konnte sie ihr helfen? Ja, das konnte sie schon – wenn sie nämlich Grit hinschickte. Aber das ging nicht. Grit war gewiss in noch größerer Gefahr. Außerdem: Selbst wenn Grit freiwillig ging – wer sagte, dass Hanni wirklich freigelassen wurde? Arme Nanni! Eine solche Wahnsinnsangst hatte sie noch nie gehabt. Am liebsten hätte sie geweint, aber sie konnte einfach nicht. Ihre Schwester war in Gefahr! Wie mochte es ihr ergehen?

„Du, guck mal“, sagte Carlotta gerade. „Auf der Rückseite steht noch etwas. Ich glaube von Hanni.“

„Zeig!“

„Mir geht es gut“, hatte Hanni geschrieben. „Sagt Marianne Bescheid.“

Marianne? Die beiden sahen sich an – was hatte Marianne mit dieser Sache zu tun? Grit interessierte Marianne bestimmt nicht.

„Verstehst du das?“, fragte Carlotta.

„N-n-nein“, wollte Nanni gerade sagen, aber, „doch, doch, ich verstehe es“, rief sie. „*Marianne* – das bin ich. Sie will mich erinnern, dass wir Zwillinge sind und ich etwas unternehmen muss. Sie denkt ... was hatte Hanni eigentlich an?“

„Den blauen Anorak mit der Kapuze“, überlegte Carlotta, „ja, bestimmt. Was meinst du?“

Aber Nanni antwortete nicht, sie sauste los. „Besorge Räder“, rief sie noch zurück. Das tat Carlotta, obwohl sie nicht ahnte, was Nanni vorhatte. Nanni erschien schnell wieder – im gleichen blauen Anorak, wie Hanni ihn trug.

„Komm, wir fahren ins Dorf. Aber über den Hügel, damit niemand uns sieht. Hast du den Zettel?“

Sie sausten los und fuhren zur Polizei. Atemlos berichteten sie dem Wachtmeister, was sie wussten, und zeigten ihm den Zettel. Er verstand unerwartet schnell. Sie ahnten nicht, dass

Frau Theobald schon längst mit der Polizei gesprochen hatte. Für den Fall, dass einmal etwas Unerwartetes mit Grit passieren sollte.

„Ich komme mit", sagte er und holte noch ein paar Sachen aus dem Panzerschrank. Dann schwang er sich ebenfalls auf sein Fahrrad.

Beim letzten Gebüsch vor dem Steinbruch hielt er an. „Bitte warte hier bei den Rädern", sagte er zu Carlotta und wandte sich an Nanni: „Geh vorsichtig zu dem vorderen Baum. Möglichst so, dass dich niemand sieht und erkennt. Du hast es ganz richtig erfasst – genau wie deine Schwester –, auf den Überraschungseffekt kommt es an! Ich bleibe in deiner Nähe."

Mit Herzklopfen ging Nanni zum Baum hinüber. Hoffentlich klappte alles, damit Hanni schnell wieder freikam! Sie lehnte sich an den Baumstamm, aber so, dass vom Steinbruch aus nur ihre Gestalt, jedoch nicht ihr Gesicht zu erkennen war.

Schritte ... Stimmen ... jetzt waren sie dicht bei ihr. Sie zog die Kapuze vom Kopf und ging ihnen entgegen.

Der Mann und die Frau blieben stehen: „Wie kommst du hierher? Wieso bist du frei?"

Sie glaubten das Mädchen vor sich zu haben, das sie als Geisel geschnappt hatten.

„Und die Polizei ist auch schon da", sagte der Wachtmeister

hinter ihnen. Die beiden wollten fliehen, aber dafür war es zu spät. Handschellen klickten. Sie waren gefangen.

„Nun such erst mal deine Schwester", sagte der Beamte zu Nanni.

Die rannte in den Steinbruch, rief laut: „Hanni! Hanni!" und bekam sofort Antwort aus einer alten Kate, die dort stand. Sie schob den Riegel von der Tür und dann fielen sich die Zwillinge in die Arme.

„Hast du gleich begriffen, wen ich mit Marianne meinte?", fragte Hanni.

„Freilich, ich bin ja ein kluger Kopf. Du aber auch."

Strahlend kamen sie zu der Gruppe zurück. Der Polizist lachte. „Ihr seht euch wirklich zum Verwechseln ähnlich. Ein Glück, dass die Herrschaften hier nicht wussten, dass es ihre Gefangene gleich in doppelter Ausführung gibt."

Carlotta winkte von Weitem. Sie holten die Räder und bedankten sich bei dem Wachtmeister. „Sie sind wirklich ein Freund und Helfer", rief Carlotta ihm entgegen. Dann gingen sie langsam nach Lindenhof zurück.

Hanni erzählte: „Ich war schon mit Grit auf dem Heimweg. Da schrie sie mit einem Mal auf, rief mir zu ‚Lauf schnell!' und brauste ab. Ich begriff erst, als ich die beiden hinter Grit herrennen sah. Sie konnte ihnen gerade noch entwischen. Wie gut, dass sie so eine Sportskanone ist! Ich wollte nach links laufen und über den Zaun in den Park steigen, aber da hatten sie mich schon am Kragen. ‚Wenigstens etwas', sagte der Mann, ‚ein Faustpfand. Die können wir gegen die andere eintauschen.' Dann brachten sie mich zum Steinbruch. Lange gedauert hat es nicht. Ihr habt wunderbar gespurt."

Von den Mädchen im Internat hatte keine etwas von dem abenteuerlichen Vorfall gemerkt. Nur Hilda und Grit saßen voll Sorge in ihrem Zimmer. Wo blieb Hanni? Was hatte Nanni vorgehabt, als sie mit dem Anorak hinauslief? Sie atmeten auf, als die drei endlich kamen.

„Bin ich froh", sagte Grit leise und dankbar, als sie ins Zimmer traten. „Verzeih, Hanni, wenn ich dich im Stich ließ. Ich dachte nicht, dass sie auch dich fangen würden."

„Es ist ja alles gut gegangen", tröstete Hanni.

Sie hielten Kriegsrat. Carlotta versprach, keinem Menschen etwas von der Geschichte zu erzählen, und ging. Hilda aber sagte ernst: „Wir müssen sofort alles Frau Theobald berichten." Sie hatte vollkommen recht.

Zum Glück war die Direktorin allein. Sie erschrak furchtbar, als sie erfuhr, was vorgefallen war. „Ist dir auch wirklich nichts passiert, Hanni?", fragte sie ein paarmal. „Wenn ich so etwas auch nur geahnt hätte ..."

„Ach", sagte Hanni leichthin, „auf diese Weise ist doch alles bestens geregelt. Die beiden sitzen fest."

„Und wir hatten wirklich keine Zeit zu verlieren“, versicherte Nanni.

„Nun – es ist glimpflich abgelaufen – dank eurer Umsicht und Tapferkeit. Ich bin sehr froh darüber und danke euch. Dass kein anderer etwas davon erfahren darf, wisst ihr selber ...“

„Carlotta hat von ganz allein versichert, dass sie schweigen wird“, warf Nanni dazwischen.

„... aber ich überlege doch, was nun geschehen muss. Setzt euch erst einmal hin, ihr Armen, ihr habt ja einiges mitgemacht!“

Für ein paar Minuten war es mäuschenstill im Zimmer. Dann hob Frau Theobald den Kopf. „Hört einmal, Zwillinge, mir ist etwas eingefallen. Ist euer Vater zu Hause?“

„Soviel wir wissen, ja.“

„Dann werde ich ihn gleich anrufen und eure Mutter auch.“ Schnell nannten sie ihr die Telefonnummer. Frau Sullivan war am Apparat.

Frau Theobald fragte: „Wird Ihr Mann wohl heute noch mit dem Wagen herfahren und die Zwillinge abholen können? – Nein, es ist nichts passiert ... oder doch, aber sie sitzen vergnügt neben mir. Nur: Ich möchte ihnen ein paar Tage Extra-Urlaub bis zum Ferienbeginn geben. Eine Bedingung ist freilich dabei, das heißt, eine große Bitte: Darf ich Ihnen noch ein drittes Mädchen mitschicken? Ja? – Herzlichen Dank. Ich erkläre Herrn Sullivan alles Weitere. – Ja, so bald wie möglich. Die Kinder fangen sofort zu packen an. Vielen Dank. – Und frohe Feiertage!“

Sie brauchte die strahlenden Zwillinge gar nicht erst zu fragen, was sie von ihrem Vorschlag hielten. Und auch Grits Gesicht leuchtete vor Freude und Erleichterung.

Herr Sullivan erschien gegen sechs, da war es schon finster. Frau Theobald und die Hausmutter brachten sie zum Wagen. Die Direktorin bat Herrn Sullivan zu einer kurzen Unterredung in ihr Zimmer.

Die Hausmutter steckte ihnen drei Päckchen zu: „Von Frau Theobald“, und ein viertes: „Von mir für unterwegs.“

Dann stieg der Vater ein und sie brausten los.

Kein Abschied von den Freundinnen, die natürlich am nächsten Tag herumrätselten, was dieser plötzliche Aufbruch bedeutete.

„Hilda, weißt du nichts?“ Aber Hilda schüttelte den Kopf.

Elli tat etwas beleidigt. „Ich bin ja schließlich ihre Cousine und sie hätten sich mindestens von mir verabschieden können!“

Bei den Lehrerinnen wurden sie von Frau Theobald entschuldigt.

Es gab viel Gerede unter den Mädchen in allen Klassen. Behauptungen und Vermutungen schwirrten herum. Und als dann, am Tag nach der plötzlichen Abreise, der Dorfpolizist im Internat erschien und lange mit Frau Theobald sprach, da hörten die Gerüchte überhaupt nicht mehr auf. Hilda und Carlotta wurden zur Direktorin gerufen, als der Wachtmeister bei ihr war. So eine Gemeinheit – hatte Hilda nicht behauptet, sie wisse nichts?

Dann wurden beide Mädchen von allen Seiten bestürmt: „Sagt doch endlich, was los ist!"

Aber sie antworteten stets: „Ja, wir wissen jetzt ungefähr, was geschehen ist. Aber wir haben fest versprochen, einstweilen darüber zu schweigen." Dass sie auch den Freundinnen nichts sagen durften, tat ihnen leid. Aber gerade die waren es, die sie am wenigsten bedrängten. Ihnen hatten Hilda und Carlotta nur verraten: „Alle drei sind bei Sullivans. Nach den Ferien werden sie sicher wieder kommen, alle – auch Grit."

„Eine tolle Geschichte", sagte eine aus der Fünften, „wenn sogar die Polizei ins Haus kommt! Wer weiß, was die ausgefressen haben! Meinen Eltern darf ich das gar nicht erzählen, die nehmen mich glatt von der Schule!"

Grit löst das Geheimnis

„Herzlich willkommen!“, sagte Frau Sullivan zu Grit, die hinter den Zwillingen aus dem Wagen stieg. „Du bist nun bei uns zu Hause, wenigstens vorläufig.“

Im Wohnzimmer stand warmer Tee bereit, daneben ein großer Teller mit leckeren Broten. Lächelnd beobachtete die Mutter der Zwillinge, wie die drei zulangten.

„Kinder, Frau Theobalds Päckchen!“, erinnerte Nanni.

Das nahrhafte Paket der Hausmutter – voll Plätzchen und Süßigkeiten – war längst leer. Es war ja auch für unterwegs bestimmt gewesen. Aber nun waren sie neugierig, was Frau Theobald ihnen geschenkt hatte.

Die Schwestern fanden je einen wunderschönen Ohrring mit Korallen und Grit einen silbernen Anhänger in Filigranarbeit.

Dazu einen Zettel: „Alle drei Dinge stammen von Deiner Tante Valerie. Sag Hanni und Nanni, dass sie sich Anhänger aus den Ohrringen arbeiten lassen sollen. Den Silberschmuck kannst du Frau Sullivan schenken, wenn du magst. Und noch eins: Dein Versprechen zu schweigen, brauchst du Sullivans gegenüber nicht zu halten."

So kam es, dass die Zwillinge am nächsten Abend eine tolle Geschichte hörten, die sie sich nie hätten träumen lassen und in der sie nun selber ein bisschen drinsteckten.

Am selben Abend erfuhren sie freilich nichts mehr darüber. Sie mussten bald ins Bett gehen und waren nach den Aufregungen des Tages rechtschaffen müde und gar nicht böse darüber.

„Hier kannst du nun ruhig schlafen, kleine Grit", sagte Frau Sullivan und strich ihr über den Kopf.

„Niemand kann dir etwas tun. Bei uns bist du ganz sicher."

„Wie sollte auch jemand erfahren, wo du steckst!", rief Hanni. „Papi hat dich ja im Finstern entführt."

Und Grit schlief wirklich tief, fest und sorglos.

Am nächsten Tag zeigten ihr die Zwillinge das Haus und den Garten. Wenn auch die Bäume kahl, die Beete abgeräumt waren und der große Rasenplatz ums Haus mehr braun als grün aussah, so fanden sie doch: Schöner konnte es in der ganzen Welt nicht sein. Am Abend freilich kamen ihnen in dieser Hinsicht Bedenken.

In der Dämmerstunde, als sie beim Tee saßen, fragte Frau Sullivan: „Willst du uns nicht von deiner Heimat erzählen, Grit? Oder tust du es nicht gern?"

„Doch“, antwortete Grit leise. „Nur ... verstehen Sie ... ich habe großes Heimweh. Vielleicht übertreibe ich manches. Ein Fremder findet es bei uns vielleicht gar nicht so schön.“

„Das glaube ich nicht“, sagte Herr Sullivan, der gerade nach Hause gekommen war. „Und damit unsere Töchter sich alles richtig vorstellen können, habe ich ein Buch mitgebracht, das du ihnen zeigen kannst.“

Und das war Grits Geschichte: Sie stammte von den Philippinen. Die liegen zwischen dem Stillen Ozean und dem Südchinesischen Meer. Mehr als siebentausend Inseln gehören dazu und manche von ihnen sind noch so gut wie selbstständig, denn die Regierung ist weit.

Auf einer dieser Inseln war Grit aufgewachsen. Ihr Vater war Gouverneur eines großen Gebietes. Er stammte von den Philippinen, hatte aber in Europa studiert, in England, Frankreich und Deutschland. Von Europa hatte er sich seine Frau mitgebracht.

„Das Leben bei uns ist fröhlich und leicht“, sagte Grit, „wenigstens für uns Weiße. Fast immer scheint die Sonne, oft so sehr, dass weite Flächen ausgedorrt und verbrannt sind. Das sind die Savannen. Aber es gibt auch wunderbare Wälder, oft richtige Urwälder, und breite Flüsse. Das Meer ist blau. Muschel- und Koralleninseln liegen vor der Küste. Unsere Familie stammt von den Spaniern ab, die jahrhundertelang die Inseln beherrschten. Die eigentlichen Inselbewohner, die Filipinos, sind fröhlich, fleißig und wendig. Aber sie können auch aufbrausen und sind gefährlich, wenn jemand sie aufhetzt. Und gerade das geschah auf unserer Insel. Da war irgendeine Familie, die wollte mehr Macht haben. Mein Vater, der von der Regierung eingesetzt war, stand ihnen im Wege. Sie wiegelten viele Leute gegen ihn auf. Mein Vater merkte nichts davon, er war viel zu ehrlich und vertrauensvoll. Sein Bruder, mein Onkel Carlos, hat ihn oft gewarnt. Aber mein Vater hat ihn jedes Mal ausgelacht. Unsere Diener waren zuverlässig. Doch eines Nachts hatten die Verschwörer unseren Palast umstellt. Meine Eltern wurden weggeführt und seitdem habe ich nichts mehr von ihnen gehört."

„Und du?", fragte Nanni. Die Schwestern hatten in atemloser Spannung zugehört. Von einem Palast hatte Grit gesprochen. So stimmte es also doch mit der Fürstentochter.

„Mich hat meine alte Kinderfrau fortgezerrt, als die Menschen herumtobten. Sie hat mich in eine Eingeborenenhütte geschafft und später, als es ruhiger geworden war, auf ein Schiff nach Marseille geschmuggelt."

„Hatte sie denn genug Geld?"

„Ich weiß nicht, woher sie es hatte. Vielleicht gab meine Mutter ihr schon früher etwas, falls einmal etwas passieren sollte. Denn meine Mutter war nicht so sorglos wie mein Vater. Sie hatte oft Angst."

„Und wie bist du nach Lindenhof gekommen?"

„Als ich in Marseille an Land ging und mich umsah, stand da meine alte Lehrerin, Madame Ginet. Tante Valerie nenne ich sie. Sie hatte schon ein Zimmer bestellt, in dem ich zwei Tage mit ihr wohnte. Und sie hatte mit einer Freundin telefoniert, die ein Internat leitet – genau wie Madame Ginet selber. Das war Frau Theobald."

„Du hättest doch genauso gut bei Madame Ginet bleiben können."

„Nein, das war viel zu gefährlich. Sie war ja bei uns zu Hause bekannt. Da hätten mich unsere Feinde sofort erwischt."

„Die beiden Verfolger gehörten zu ihnen?"

„Ja, freilich. Ich kenne sie genau. Die kamen manchmal zu meinen Eltern. Ich mochte sie nie, weil sie von einer ganz ekelhaften, schleimigen Freundlichkeit waren. Ganz falsch sind sie, das habe ich von Anfang an gemerkt."

„Und der geheimnisvolle Mann, der dir manchmal Botschaften brachte?"

„Den hat Tante Valerie geschickt. Von ihm weiß ich, dass es für die Rebellen schlecht steht. Deshalb wollten sie mich ja unbedingt kriegen, um meine Eltern zu erpressen, falls sie inzwischen befreit sein sollten. Nach allem, was ich gehört habe, ist das sehr wahrscheinlich."

Die einfache, bescheidene, scheue Grit! Das hatte im Internat bestimmt niemand vermutet.

Hanni fragte: „Wie heißt du nun wirklich?"

Lächelnd sah Grit sie an: „Donna Maria Marguerita De Rivera De Montagne", sagte sie. „Wir Spanier führen stets Vaters und Mutters Namen."

„Aber hört mal, Zwillinge", mischte sich nun die Mutter ein. „Euch ist hoffentlich klar, dass ihr dies alles schleunigst wieder vergessen müsst, verstanden? Kein Mensch darf erfahren, was Grit heute erzählt hat, nicht einmal Hilda."

„Oder Elli", sagte Hanni grinsend und erzählte von Ellis Prinzessinnen-Tick und seinen Folgen. Da machte Grit große Augen, denn sie hatte natürlich nichts davon gemerkt. Frau Sullivan aber schüttelte den Kopf über Ellis Dummheit.

Elli kam in den Ferien mit ihrer Mutter zu Besuch. Die Neugier plagte sie. Als sie Grit sah, rief sie: „Hab ich es mir doch gleich gedacht. Die anderen behaupteten alle, Grit hätte merkwürdige und zweifelhafte Bekanntschaften gehabt und deshalb Lindenhof verlassen müssen. Und ihr Zwillinge hättet sie dabei unterstützt und wärt von den Gaunern erpresst worden. Deshalb musstet ihr Knall auf Fall weg."

„Ja, ja, Elli“, sagte Hanni geheimnisvoll, „so ähnlich war es ja auch.“

„Aber wieso ist Grit dann hier?“, fragte Elli.

„Vielleicht ist sie getürmt?“, schlug Nanni vor, „und will uns verraten, wenn wir sie nicht verstecken?“

„Ja?“ Doch als Frau Sullivan Grit genauso nett behandelte wie ihre Töchter, murmelte Elli: „Glaub ich nicht, was Nanni da gesagt hat!“

Aber ihre Mutter bremste ihre Neugierde. „Solange sie es uns nicht von selber erzählen, fragen wir auch nicht. Du musst nicht immer so neugierig sein, liebe Elli!“

Es wurden schöne Ferien für alle drei.

Grit war glücklich, dass sie endlich wieder von ihrer Heimat sprechen durfte. Sie blätterte oft in dem Buch, das Herr Sullivan mitgebracht hatte, und schilderte den Schwestern Ausflüge, die sie mit ihren Eltern gemacht hatte.

„Wir waren auf den großen Inseln, auf Luzon, Mindanao und wie sie alle heißen. Auch in der Hauptstadt der Philippinen, in Manila, waren wir. Dort gibt es Ruinen und eine alte Stadtmauer aus der spanischen Zeit. Trotzdem ist Manila eine ganz moderne Stadt mit Hochhäusern und schönen Geschäften – kein Unterschied zu euren westlichen Großstädten.“ Und sie versprach: „Wenn ich erst wieder zu Hause bin, schicke ich euch Andenken, wie unsere Eingeborenen sie herstellen, Batiken und Silberschmuck. Ach, es ist einfach schön, bei uns zu leben!"

Die Zwillinge fanden, Grit müsse Skilaufen lernen. „Du bist eine glänzende Sportlerin. Da wird es für dich eine Kleinigkeit sein!", sagte Hanni und Nanni fügte hinzu: „In eurem heißen Land kannst du es doch nicht. Also los!"

Sie holten die Ski ihrer Mutter heraus, fanden ein paar geeignete Schuhe und zogen mit Grit hinaus zu dem Hügel, auf dem ihr Vater ihnen früher das Skifahren beigebracht hatte. Es gab eine Menge Spaß beim Üben und Grit bekam außerdem einen gewaltigen Muskelkater. Aber sie war zäh: Schon am zweiten Tag rutschte sie mit den Zwillingen den Hang hinunter. Sie hatte alle Aussicht, einmal eine großartige Skiläuferin zu werden. Aber dann verlor Grit den Mut.

Sie fuhren einen Hang hinunter und hörten plötzlich Rufe und Schreie. Ein Unfall, zweifellos! Die Skiläufer sausten hin. Und dann hörten sie ein gewaltiges Brummen aus der Ferne. Ein Hubschrauber näherte sich. Sanitäter sprangen heraus, brachten eine Bahre und hoben den Verunglückten darauf. Der Hubschrauber flog davon.

„Ob es schlimm ist?", fragte Grit.

„Nein", antwortete ein Skiläufer, „ich glaube nicht. Wohl nur ein glatter Schienbeinbruch. Der heilt schnell."

Aber Grit war merkwürdig still geworden und bat die Schwestern: „Lasst uns aufhören!“ Am Abend erklärte sie: „Ski laufen möchte ich nicht mehr.“

Enttäuscht sahen die Zwillinge sie an. „Du hast es aber so schnell begriffen. Macht es dir keinen Spaß?“

„Doch“, sagte Grit, „aber bedenkt bitte: Wenn mir nun so etwas passiert wie heute dem jungen Mann und ich kann dann nicht gleich nach Hause fliegen, wenn meine Eltern mich rufen …! Nein, ich traue mich einfach nicht mehr.“

„Grit hat recht!“, sagten die Eltern. „Ihr müsst euch in ihre Lage versetzen.“

„Ja.“ Hanni nickte. „Dein Einzug in den Palast wäre auf einem Gipsbein wenig eindrucksvoll.“

„Stattdessen wollen wir unserem Gast recht viel von unserer Heimat zeigen“, sagte Herr Sullivan.

Tag für Tag unternahmen sie Ausflüge, besuchten kleine Städte, deren alte Fachwerkhäuser und spitze Giebel Grit zum Lachen reizten. Sie gingen ins Kino oder sie spielten abends alle möglichen Spiele und verzehrten dabei genüsslich Kekse und Bratäpfel.

Bei Schneesturm kann man mogeln

Friedlich ging das Jahr für Grit zu Ende. Friedlich und hoffnungsfroh begann das neue. Frau Theobald schickte ihr einen Brief von Madame Ginet, der zuversichtlich klang.

So war es eine ganz neue Grit, die in der zweiten Januarwoche gemeinsam mit den Zwillingen nach Lindenhof zurückkehrte.

Erstaunt sahen ein paar Mädchen aus der Vierten und aus anderen Klassen, wie alle drei aus Herrn Sullivans Wagen stiegen. War das noch die ewig verzagte Grit, die da mit den Zwillingen ins Haus ging, Hilda zuwinkte und Carlotta ein „Hallo!" zurief? Sie wirkte freier, gelöster, als sich die Schülerinnen im Speisesaal trafen.

„Grit, du kannst ja lachen!", rief Andrea überrascht. „Und so nett siehst du dabei aus!"

Auch andere sprachen sie an, fragten nach den Ferien bei den Sullivans und erzählten, was sie selber in den drei Wochen getan hatten.

Grit wurde immer vergnügter. Sie zeigte den Zwillingen

einen Zettel. „Bald ist alles gut“ stand darauf – keine Anrede, keine Unterschrift. Doch für Grit war alles klar.

Ja, auch Andrea war wieder da. Sie erzählte, wie wunderbar schön sie es in Petras Elternhaus gehabt hatte. Ein gewaltiges Paket war von ihren Eltern gekommen, mit Geschenken, englischen Leckereien und mit Bildern von ihren letzten Aufführungen. Die zeigte sie nun herum. Mit einem Mal war Andrea wieder interessant. Auch ihre ehemaligen Anhängerinnen fanden sich plötzlich wieder ein. Bühnengrößen, berühmte Künstler – o ja, mit denen schmückte man sich gern, auch wenn es nur die Tochter war. Auf jeden Fall wollten sie sich Andreas Freundschaft erhalten.

Andrea war mit einem Mal gar nicht mehr faul. Es stellte sich heraus, dass sie während der Ferien fleißig mit Petra gebüffelt hatte. Nun arbeitete sie nachmittags tüchtig, gemeinsam mit Petra und Doris.

„Mir geht es mit den Schulfächern ähnlich wie mit dem Tanzen“, gestand sie Doris einmal. „Wenn man erst ernsthaft arbeitet, findet man auch Spaß daran.“

Und Doris, der das Lernen zwar schwerfiel, die aber sonst recht pfiffig war, lachte. „Weißt du“, sagte sie zu Andrea, „oft sagen die Leute: Da ist aus Spaß plötzlich Ernst geworden. Aber bei dir läuft es umgekehrt: Da wird aus Ernst Spaß.“

Sie freundeten sich im Lauf der Zeit auch an, und dann geschah etwas Sonderbares – freilich erst nach Wochen, als Grit längst nicht mehr in Lindenhof war: Petra stürzte eines Tages beim Sport und zog sich eine böse Sehnenzerrung zu. Ein paar Tage musste sie auf der Krankenstation liegen, bevor sie mit bandagiertem Bein wieder zu den Stunden humpeln konnte. Da mussten ihre beiden Freundinnen nun sehen, wie sie allein mit Grammatik, Fremdsprachen und Mathe zurechtkamen. Sie brachten die Aufgaben zwar immer mit, wenn sie Petra im Krankenzimmer besuchten. Aber sie fingen doch an, selbstständig zu arbeiten. Und Doris gab sich dabei große Mühe, Andrea manches zu erklären, was die noch nicht nachgeholt hatte.

„Sonderbar ist es", sagte sie eines Tages, „wenn ich dir etwas erklären muss, da begreife ich es selber viel leichter.

Doch das war – wie gesagt – erst ein paar Wochen später. Einstweilen feierten alle immer noch Wiedersehen nach den Ferien.

Auch Mamsell war aus ihrer Heimat zurück, schwärmte von la belle France, ihrem schönen Frankreich, und berichtete allerlei lustige Geschichten. Doch nach etwa einer Viertelstunde sagte sie plötzlich: „Nun wird es aber ernst. Nehmt eure Arbeitshefte – bitte, Hilda, hole sie aus dem Schrank und verteile sie. Dann werde ich euch ein paar Vokabeln nennen, lauter Verben, und ihr schreibt die Hauptformen auf. Versteht ihr?"

„Ja", stöhnten die Mädchen. Das war ja ein richtiger Überfall aus heiterem Himmel! Wenn Mamsell jetzt schon so anfing, wie sollte es werden, wenn sie erst wieder richtig in Schwung kam? Sie sahen verstohlen zu ihr hin: Sie lächelte freundlich, während sie diktierte, und prüfte dann sehr streng, ob auch ja keine von der Nachbarin etwas abschrieb. O Mamsell!

„Dürfen wir das Licht anknipsen?", fragte Petra. „Es wird immer dunkler."

„Ja, gewiss."

Mamsell ging selber zum Lichtschalter. Doris benutzte die Gelegenheit, einen Blick auf Petras Heft zu werfen, und andere machten es ebenso. Aber schon saß Mamsell wieder an ihrem Pult.

Mit einem Mal fuhren alle zusammen. Ein Blitz leuchtete auf – so grell, dass sie zusammenzuckten. Und gleich darauf donnerte es gewaltig.

„Ein Gewitter im Januar", jammerte eine, „das ist richtig unheimlich!"

„Und ganz in der Nähe", stöhnte eine andere.

Mamsell sah erschrocken nach den schwarzen Wolken, die sich bedrohlich näherten. Wann kam der nächste Blitz?

Er kam nicht. Dafür brach ein jäher Schneesturm los. Im Nu waren die Fensterscheiben wie zugeklebt von den dicken Flocken, die unaufhörlich dagegenprallten.

Fassungslos sah Mamsell hinaus – war so etwas möglich? Das hatte sie noch nie erlebt. Sie hatte die Klasse fast vergessen.

Für die Mädchen war der Schreck schnell vorbei. Sie begriffen sofort: Das war die Gelegenheit zum Abschreiben.

Elli stupste Hilda an, die vor ihr saß und nun ihr Heft so hinschob, dass Elli und Andrea mühelos hineinschauen konnten. Petra beugte sich zu Doris hinüber und diktierte ihr sogar die richtigen Formen. Dabei prüfte sie, was die Freundin bis dahin vielleicht falsch gemacht hatte, und sagte es ihr. Hanni und Nanni verglichen ihre Arbeiten ... es war plötzlich ein viel größerer Eifer in der Klasse als vorher. Und Mamsell war von dem Schneesturm völlig in Anspruch genommen.

Da legte sich das Unwetter. Die dicken Schneeschichten rutschten an den Scheiben herunter. Die dunklen Wolken waren verschwunden, es wurde wieder hell.

Mamsell kehrte mit ihren Gedanken zur Klasse zurück. „Abominable – fürchterlich“, murmelte sie noch und besann sich wieder auf die Klassenarbeit. Sie sah in ihr Heft. Doch bevor sie noch das nächste Verb diktieren konnte, klingelte es. Die Stunde war aus. Die Hefte wurden eingesammelt.

Die Arbeit war großartig ausgefallen. Auch die schwachen Schülerinnen hatten kaum Fehler …

Mamsell hatte gar keine Vorstellung davon, wie lange der Schneesturm gedauert und ihre Aufmerksamkeit gefesselt hatte. Deshalb war sie von dem Ergebnis hochbefriedigt.

„Ihr habt in den Ferien großartig gelernt, ihr lieben Mädchen“, lobte sie strahlend und berichtete auch den Kolleginnen von dieser unerhört guten Arbeit.

„Ist auch alles mit rechten Dingen zugegangen?“, fragte Frau Jenks misstrauisch. Sie kannte ihre Klasse.

„Aber ich bitte Sie, ich habe genau aufgepasst, dass keine abschreiben konnte“, versicherte Mamsell und stiftete der ganzen Klasse zum Nachmittag eine gewaltige Buttercremetorte.

Ein Traumauto gibt neue Rätsel auf

Es war ein sonniger Wintertag und die meisten Schülerinnen des Internats waren im Freien. Ein Teil der Vierten spielte Handball. Grit stand im Tor. Da rief jemand: „Kinder, guckt mal, was für ein toller Schlitten da anrollt!"

Es war wahrhaftig ein Traumwagen, der in den Schulhof hineinfuhr. Das viele Chrom blitzte in der Sonne. Zwei Antennen zitterten leicht, als das Auto stand.

„Der Nummer nach ein Diplomatenwagen", tuschelten die Mädchen in der Nähe.

Der Chauffeur öffnete den Schlag, ein schlanker Mann, ein Südländer, stieg aus und ...

„... Onkel Carlos!", schrie Grit, ließ das Tor im Stich und rannte über den weiten Platz.

Ja, Grits Onkel war gekommen, um ihr gute Nachrichten zu bringen: Sie konnte wieder nach Hause. Sein Begleiter verbeugte sich tief vor Grit und ... küsste ihr sogar die Hand.

„Habt ihr das gesehen?", fragten die Mädchen untereinander.

„Die Hand hat er ihr geküsst", und sie sahen staunend zu, wie alle drei nun zur Haustür gingen, der Herr die Tür für Grit und ihren Onkel aufriss und ihnen, wieder mit einer tiefen Verbeugung, den Vortritt ließ.

Was hatte das zu bedeuten? Wer war Grit?

Schon sauste Uschi heran und rief den anderen zu: „Hatte ich nun recht oder nicht? Grit ist eine Prinzessin."

„Nur dass du das niemals vermutet hast, meine liebe Uschi", sagte Hanni. „Wer hat kürzlich erst noch gesagt, dass Grit doch wahrhaftig kein fürstlicher oder prinzessinnenhafter Typ wäre – he?"

„Hast du es denn gewusst?"

„Seit Weihnachten ja", antwortete Nanni für die Schwester. „Aber Uschi, damit du nicht wieder verrückte Geschichten in die Welt setzt: Es ist keine Rede von einer Prinzessin, wie Klein-Uschi sie sich vorstellt: mit Krönchen und Hofdamen. So eine Prinzessin wie aus unserem Märchen vom Schweinehirten oder aus Filmen ist sie nicht."

„Was für eine Prinzessin dann?"

„Überhaupt keine, du Dummkopf. Grit stammt aus einer alten adeligen Familie, die in ihrem Land immer viel zu sagen hatte und meist mit in der Regierung saß. Verstehst du das oder ist es dir zu hoch?"

Beleidigt drehte Uschi sich um und ging weg.

Die anderen Mädchen aber bestürmten die Zwillinge: „Was ist mit Grit? Woher kommt sie? Wer war der Herr in dem Auto?“

Aber die Zwillinge lachten bloß: „Wartet, bis ihr Grit selber fragen könnt.“

Die Neugierigen mussten sich damit begnügen, das Auto zu bestaunen, die Klimaanlage, den Fernseher ... Sogar mit Bar, behauptete eine. Ein Traumauto!

Als die drei von Frau Theobald wieder hinausbegleitet wurden, winkte Grit: „Hanni und Nanni, bitte kommt her! Diese beiden haben mich gerettet, als ich beinahe gekidnappt wurde“, sagte sie zu ihrem Onkel. „Und bei ihren Eltern war ich in den Weihnachtsferien.“ Dann erklärte sie den Zwillingen schnell noch: „Ich fahre heute mit meinem Onkel in die Hauptstadt. Dort müssen wir zu unserem Konsulat und wollen einkaufen. In zwei Tagen bin ich wieder hier. In einer Woche fliegen wir. Erzählt den anderen nun ruhig, wer ich bin und warum ich mich hier verstecken musste. Jetzt bin ich ja nicht mehr in Gefahr.“

Sie umarmte die beiden und stieg ins Auto. Ihr Onkel bedankte sich bei den Zwillingen und sagte: „Vielleicht kann sich Marguerita eines Tages bei euch revanchieren, dann werdet ihr ihre Gäste sein.“

Zum Schluss erlebten die Schwestern noch einen Triumph,

der sie verlegen machte, ihnen aber außerordentlichen Spaß bereitete, selbst wenn die Freundinnen sie deshalb gern hänselten: Der andere Herr küsste auch ihnen die Hand – vor den Augen fast aller Schülerinnen von Lindenhof!

„Ja“, sagte Nanni großartig zu den anderen, „wer hat, der hat!“

Jetzt erst erfuhren die Mädchen von dem Abenteuer, das Grit und die Zwillinge vor Weihnachten erlebt hatten. Es war in ihrer unmittelbaren Nähe geschehen und niemand hatte etwas gemerkt.

„Du musst mal mit uns hinaus zum Steinbruch gehen“, sagte Jenny zu Carlotta, die ja als Einzige ein bisschen beteiligt gewesen war. Sie wanderten also hinaus zu der großen Buche, hinter der Nanni gestanden hatte, und schauten in die Kate hinein, in der Hanni gefangen gehalten worden war.

„Da sieht man wieder einmal, wie viel einem entgeht, wenn man nicht überall seine Augen und Ohren hat!“, meinte Bobby nachdenklich.

Aber Hanni antwortete: „Uschi versucht gewiss, alles zu erfahren. Doch von unserem Abenteuer hat sie nichts gemerkt.“

„Und außerdem“, fügte Nanni hinzu, „wünsch dir bloß nicht, dass du in solch eine Lage kommst! Ich möchte das nicht noch einmal erleben!“

Eine Abschiedsparty für Grit

Es waren weder Hanni oder Nanni noch Hilda oder Carlotta, die auf den Gedanken kamen, man sollte Grit ein Abschiedsfest geben. Nein, auf diese Idee kamen Lexa und die anderen sportbegeisterten Mädchen: „Wir werden Grit zum Abschied noch tüchtig feiern, denn sie hat uns vor allem bei dem großen Spiel gegen Eichenwald den Sieg erkämpft. Was meint ihr?"

Feiern? Unbedingt! Das fanden alle. „Feiern ist immer gut", antwortete Carla für die anderen. Sie war mit ihrer Freundin Marianne zu Lexa gerufen worden. „Aber was wollen wir machen?"

„Das müssen wir überlegen", sagte Lexa. „Ich habe an ein Kostümfest gedacht." Ein Kostümfest war kein übler Gedanke. Verkleiden machte immer Spaß.

„Wollen wir als Burgfräulein gehen?", fragte Heide. „Als Burgfräulein aus Funkelstein?"

„Nein, als Blumenmädchen aus Grits Heimat." Das klang gut. Sie beschlossen, mit Grits Klasse zu sprechen.

„Ein Fest! Klar, das machen wir!“, riefen die Mädchen aus der Vierten sofort.

Hilda als Klassensprecherin zögerte zuerst. „Wir dürfen es nicht ohne Erlaubnis von Frau Theobald tun“, sagte sie. „Für eine Mitternachtsparty sind wir schließlich schon zu groß und tagsüber geht es nicht, ohne dass jemand was merkt. Und wann habt ihr gedacht?“

„Grit kommt nur für ein paar Tage zurück“, sagten die Zwillinge, die selber gern feiern wollten. „Wir müssten dann alles für übermorgen vorbereiten, für Samstag.“

„Also fragen wir erst einmal Frau Theobald“, erklärte Lexa. „Gehst du mit zu ihr, Hilda?“

Die Direktorin lächelte, als sie ihr von dem Plan erzählten. „Nett von euch“, sagte sie. „Ich gönne es Grit sehr, dass sie einmal mit vielen Mädchen lustig ist. Zu Hause hat sie sicherlich nicht so viel Gesellschaft. Aber ich kann nicht allein entscheiden. Wir müssen die Hausmutter fragen.“

Hilda und Lexa sahen sich an. Die Hausmutter schätzte es gar nicht, wenn am Wochenende für ihre Mädchen aus der Küche Extra-Arbeit anfiel.

„Wir machen natürlich alles selber“, versicherten sie sofort.

Das sagten sie dann auch der Hausmutter, als sie ins Zimmer kam. Die hatte schon die Stirn in Falten gelegt, als Frau Theobald sie fragte.

„Schon wieder ein Fest?“, brummte sie. „Warum denn? Und was für eins?“

„Die Mädchen aus der Vierten und ein paar von unseren Sportlerinnen möchten Grit verabschieden.“

„Ach so!“ Bei dem Namen „Grit“ wurde das Gesicht der Hausmutter mild und weich. Grit, ja, das war ein Mädchen nach ihrem Herzen, höflich, ordentlich und niemals aufsässig wie viele andere. Und nun obendrein noch verfolgt und gefährdet! Da schmolz Hausmutters Herz. Ein Fest für Grit, das sollte selbstverständlich steigen!

„Natürlich“, sagte sie also. „Wenn ihr alle Vorbereitungen erledigt und auch später aufräumt, so habe ich nichts dagegen.“

„Danke, Hausmutter, danke!“, riefen Lexa und Hilda. Frau Theobald nickte. „Also strengt euch an, damit es für Grit ein unvergessliches Fest wird.“

„Und vergesst ja das Aufräumen danach nicht!“, rief die Hausmutter ihnen noch nach.

Großer Jubel in der Klasse und plötzlich ein ungeheurer Fleiß! Sie telefonierten nach Hause und mit dem Kaufmann im Dorf. Sie radelten zu viert in die Stadt und kamen schwer bepackt wieder zurück.

„Aber das ist längst nicht alles, was wir eingekauft haben“, meinte Tessie. „Morgen früh schickt das Kaufhaus noch Pakete.“

„Mit dem Geld sieht es nicht gerade rosig aus", jammerte eine. „Es reicht nicht."

„Macht nichts", riefen Carlotta und Hanni. „Jetzt nach Weihnachten hat jeder Geld."

„Also bitte: noch ein paar milde Gaben!" Bobby zog mit einer Schüssel herum, in die erstaunlich viele Münzen und Scheine purzelten.

Der Gärtner und der Hausmeister wurden zurate gezogen. Sie mussten allerlei aus dem Schuppen und dem Gewächshaus herbeischaffen. Die Zeichenlehrerin wurde um Hilfe gebeten. Die Sportlehrerin bot sich sogar selber an.

Die Hausmutter fragte: „Fehlt noch etwas?"

Frau Theobald gab ihnen Geld: „... nicht von mir. Grits Onkel hat es gestiftet für eine kleine Abschiedsfeier", sagte sie lächelnd. „Er hat sich die Feier allerdings wohl weniger großartig gedacht, als sie nun werden wird."

Alle Lehrerinnen zeigten Verständnis und forderten für die nächsten Stunden keine Aufgaben.

Grit erschien Samstagmittag. Nun war sie kein Aschenbrödel mehr, sondern eine selbstbewusste junge Dame. Sie wurde fröhlich begrüßt. Aber sie durfte nicht in den Gemeinschaftsraum und alle entschuldigten sich bei ihr: „Wir haben noch dringend zu tun, bitte gedulde dich kurze Zeit."

„Nun, Elli", neckte Hanni die Cousine, „eigentlich solltest

du Grit auf Schritt und Tritt folgen. Ein Weilchen bleibt dir noch, um ihr deinen Dienst anzubieten."

„Ich werde euch doch keine Konkurrenz machen", antwortete Elli gekränkt. „Ihr habt es ja besonders schlau angefangen, mit Grit Freundschaft zu schließen."

„Besonders schlau?", fragte Hilda, die zugehört hatte. „Als Hanni und Nanni sich Grit annahmen, da war sie nichts als ein armes, einsames Mädchen."

Punkt drei Uhr klang der Gong dreimal durchs Haus. Das war der Startschuss für das Fest. Frau Jenks selber holte Grit, die im Schlafzimmer ihre Sachen zusammenpackte. „Es hilft dir nichts, Grit, du sollst zum Abschied gefeiert werden. Komm in den Gemeinschaftsraum!"

Sie war selber verblüfft, was die Mädchen da zustande gebracht hatten.

Die Wände waren mit farbigem Papier verkleidet, leuchtendes Blau neben grellem Rot, Goldgelb und Grasgrün. Ein paar Bambusstäbe lehnten an den Wänden, eine Seite war zur Hälfte schwarz und vor der schwarzen Fläche hingen Masken in Giftgrün und Orange. Daneben war die Wand mit Sackleinen bespannt und auf dem Boden lag heller Kies. Auf dem Kies stand eine Hütte aus Bastmatten, mit denen der Gärtner im Frühjahr seine Mistbeete zudeckte. Die beiden Palmen daneben gehörten eigentlich in die Halle. Sie waren freilich ein bisschen kurz geraten, dafür lag unter jeder aber eine gewaltige Kokosnuss.

Die Mädchen standen in flotten Baströckchen zum Empfang bereit, trugen Blumen im Haar und Girlanden um den Hals. Lange Ketten aus Glasperlen hatten sie an den Armen … es war, kurz gesagt, eine Wucht!

Auf den Tischen warteten Limo, Kekse, kandierte Früchte und anderes Knabberzeug.

Ein paar Mädchen vollführten ein Höllenkonzert. Sie hatten Tamburins aus dem Turnsaal geholt, spielten Flöte oder klapperten mit Kochtöpfen. Grit fing an zu lachen. Aber Hilda sagte gleich: „Grit, glaub nur nicht, dass wir etwa versuchen wollen, deine Heimat nachzuahmen. Wir haben bloß ein bisschen den Tropenkoller gekriegt. Und wir laden dich herzlich zu einer vergnügten Party ein."

Es wurde sehr lebhaft, besonders als sie Platten auflegten und sangen. Nach und nach erschienen auch die Lehrerinnen und bewunderten den außerordentlichen Fleiß, den die Mädchen bewiesen hatten. Und Mamsell sagte zu Grit: „Ma chère Marguerite, welchen Roman haben wir da erlebt! Ich werde nie vergessen, dass ich einmal eine Schülerin hatte, die in einem Paradies zu Hause ist."

„Danke", rief Grit, als es einmal für eine Minute stiller war. „Ich finde es sehr lieb von euch, dass ihr mir solch ein tolles

Abschiedsfest gebt. Soll ich euch ein Tanzlied singen, wie ich es von unseren Eingeborenen gelernt habe?"

Es war eine fremdartige, sehr klangvolle Weise. Die Zwillinge dachten an Grits Erzählung von den Philippinen. „Sehr musikalisch sind die Menschen", hatte sie damals gesagt.

Kurz vor Schluss gab es eine Überraschung, auf die niemand gefasst war: Die Tür ging auf, das Licht wurde ausgeknipst und herein stürmten sieben oder acht kleine gespenstische Geister mit farbigen Taschenlampen. „Hui-i-i-i" machten sie und wirbelten an den verdutzten Mädchen mit verrückten Verrenkungen vorbei. Dann verschwanden sie wieder. Wer es war, ließ sich nicht feststellen. Wahrscheinlich ein paar aus der zweiten Klasse, die sich noch einmal an Funkelstein erinnert hatten. Genau erfuhr die Vierte es nie ... Aber nach diesem unvermuteten Geistereinbruch beendeten sie das Fest.

Als nach zwei weiteren Tagen das viel bestaunte Auto wieder in den Hof rollte, um Grit endgültig abzuholen, da standen viele Mädchen auf dem Hof und winkten. Und aus allen Fenstern wurden gute Wünsche nachgerufen.

Uschi aber murmelte: „Und ich hatte doch recht. Eine der Neuen war ein Fürstenkind!"

Hast du Lust auf mehr Geschichten?
Dann kannst du hier in ein neues Abenteuer
mit den berühmtesten Zwillingen der Welt reinschnuppern:
„Klassenfahrt nach England“

„Keine Chance." Georg Sullivan saß hinterm Steuer seines silbergrauen Familienwagens, schüttelte den Kopf und sah stur geradeaus auf die Straße. Auf dem Beifahrersitz schmunzelte Jule Sullivan.

„Mama", bettelten Hanni und Nanni von hinten. „Bitte. Nur ein klitzekleiner Tipp."

Aber Frau Sullivan hob bedauernd die Schultern. „Wenn euer Vater sagt, keine Chance, dann ... sehe ich leider keine Chance."

„Genau", brummte Georg Sullivan zufrieden und lachte leise.

Hanni und Nanni warfen sich entmutigt in die Polster des Rücksitzes und schmollten. Das war doch einfach gemein, nicht zum Aushalten. Seit Stunden, ach was, seit Tagen versuchten die Zwillinge, ihren Eltern das Geheimnis des Briefs zu entlocken, der vor ein paar Tagen ins Haus geflattert war. Aber die beiden hielten dicht. Und jetzt begann das neue Schuljahr und die ganze Familie war auf dem Weg nach Schloss Lindenhof. Draußen flogen die Felder und Wiesen in Windeseile vorbei, und wenn sie erst dort waren, würden Hanni und Nanni wahrscheinlich nie erfahren, um was es sich bei dem Brief eigentlich handelte.

Und was war so Besonderes an diesem geheimnisvollen Brief?

Vor ein paar Tagen, an einem heißen Spätsommernachmittag, waren die Zwillinge auf ihren Fahrrädern vom Freibad zurückgekommen. Sie wohnten mit ihren Eltern in einer großen Wohnung mitten in der Stadt. Hanni und Nanni radelten auf einer breiten Allee zwischen alten Bäumen nach Hause. Sie bogen in ihr Viertel ab, vorbei am Chinesen, einer Reinigung und einem kleinen Supermarkt, in dem Hanni unbedingt etwas zu trinken kaufen wollte.

„Ach, komm", rief Nanni, „wir sind doch gleich zu Hause."

Unten an der Haustür begegnete ihnen der Postbote, der ihnen einen Stapel Briefe entgegenhielt. Hanni nahm sie und eilte nach oben. Im Flur warf sie die Post achtlos auf die Kommode und rannte in die Küche zum Kühlschrank. Aber Nanni hatte zwischen all den anderen Umschlägen sofort einen mit dem Stempel von Schloss Lindenhof und der Schrift von Theo erkannt. Theo hieß eigentlich Frau Theobald und war die Direktorin des Internats. Aber die Mädchen nannten sie heimlich alle nur Theo.

Ein Brief von Theo also. Adressiert persönlich an ihre Eltern, Jule und Georg Sullivan. Zuerst nahm auch Nanni den Brief nicht so wichtig, aber immerhin erzählte sie Hanni davon. Und beim Abendessen fragten sie ihre Eltern danach.

„Brief?“, fragte Georg Sullivan zurück und schob die Gabel in seinem Gemüse herum, als gäbe es nichts Interessanteres als gekochte Karotten und Zucchini.

„Ja, der Brief von Schloss Lindenhof. Von Theo, äh, Frau Theobald, unserer Direktorin.“

„Ach ja“, sagte ihr Vater und warf Jule Sullivan blitzschnell einen Blick zu. Ihre Mutter konnte ein Schmunzeln nicht unterdrücken und damit war für die Zwillinge glasklar: Hier stimmte etwas ganz und gar nicht.

Seit diesem Abendessen versuchten sie aus ihren Eltern herauszubekommen, was es mit dem Brief auf sich hatte. Aber Jule und Georg hielten auch einer intensiven Einzelbefragung stand. Alles, was Hanni und Nanni erfuhren, war, dass ihre Eltern am Schulanfang zur Direktorin kommen sollten.

Die Zwillinge grübelten fieberhaft nach, was sie wohl ausgefressen haben könnten. Na gut, sie hatten fast die Shakespeare-Aufführung beim letzten Abschlussfest platzen lassen. Sie hatten sich nachts heimlich in den Festsaal geschlichen, um zu proben. Und Frau Mägerlein, ihre Lehrerin, hatte sie nachts auf dem Gang erwischt und vermutet, dass sie zu den englischen Jungs unterwegs waren, die auf Schloss Lindenhof zu Gast gewesen waren. Aber das war doch alles Schnee von gestern. Das Abschlussfest hatte stattgefunden und war dank Hanni, Nanni und ihrer Cousine Lilly, die für die Choreografie des Stücks zuständig war, ein voller Erfolg geworden. Für die anderen Vergehen hatten sie diverse Küchendienste aufgebrummt bekommen. Und außerdem würden ihre Eltern nicht grinsen wie die Honigkuchenpferde, wenn in dem Brief etwas Schlimmes stehen würde. Was also konnte es sein?

Als sie die Einfahrt von Schloss Lindenhof schließlich passierten, war der geheimnisvolle Brief allerdings fast vergessen. Auf dem Schlosshof herrschte reges Treiben und Hanni und Nanni waren fürchterlich aufgeregt. Sie kannten die Prozedur des Schuljahresbeginns im Internat inzwischen zwar zur Genüge. Aber es war doch immer wieder spannend zu sehen, wer alles schon angekommen war, ob vielleicht eine Neue auf dem Schulhof stand ... und überhaupt, was eben aus allen geworden war in diesen langen Sommerferien. Während Georg Sullivan die Koffer aus dem Auto hievte, gingen die Zwillinge sofort los, um Erika, Lilly und die anderen zu suchen.

Sie kamen nicht weit. Lillys Mutter hatte nur zwei Wagen weiter weg geparkt. Ihre Cousine stand neben dem Auto und hatte, wie üblich, ihren MP3-Player laufen. Sie hörte erst mal gar nichts, bis Hanni ihr von hinten den Kopfhörer von den Ohren nahm.

„Hallo, Lilly“, flötete sie.

„Oh, hallo, ihr beiden!“ Lilly strahlte, als sie ihre Cousinen sah. „Hört mal, das ist mein neuester Lieblingssong“, quasselte sie drauflos, als hätten sie sich gestern das letzte Mal gesehen und nicht vor sechs langen Wochen. Sie versuchte Hanni den Kopfhörer aufzusetzen.

„Lass mal“, wehrte Hanni entschieden ab.

„Auch schöne Ferien gehabt?“, fragte Nanni geduldig.

„Ach so, ja. Klar. Und ihr?“ Lilly kramte in ihrer großen Umhängetasche herum und fuhr fort, ohne eine Antwort abzuwarten: „Moment mal, ich muss euch was zeigen ...“

„Nicht jetzt, Lilly ...“, fingen die Zwillinge an, weil sie gerade Erika entdeckt hatten.

„Hey!“, rief die schon von Weitem. „Wie waren die Ferien?“

„Cool. Wie immer“, sagte Hanni und lachte. „Rumhängen, spät ins Bett, Freibad, Filme gucken ... Alles, was man so braucht. Und wir haben es dieses Mal sogar geschafft, alle zusammen ein paar Tage wegzufahren.“ Die Zwillinge umarmten ihre beste Freundin.

„Ich hab’s“, rief Lilly dazwischen. „Hier, die Karte.“ Triumphierend zog sie eine Eintrittskarte aus der Tasche und hielt sie wie eine Trophäe in die Luft.

„Und?“ Die anderen waren wenig beeindruckt.

„Na, hey. Ich war auf einem Konzert. Ach, was sage ich, auf *dem* Konzert! Das war so genial. Also ...“

„Oh, seht mal“, unterbrach Nanni. „Da drüben steht die Mägerlein.“ In der Eingangstür zum Schloss war ihre strenge Lehrerin Frau Mägerlein aufgetaucht, trotz der sommerlichen Hitze wie immer korrekt mit hochgeschlossener Bluse und schwarzem Rock bekleidet. Und sie war nicht allein. Bei ihr standen die Eltern der Zwillinge. Die Mädchen beobachteten, wie sie sich begrüßten und alle zusammen im Schloss verschwanden.

„Jetzt wird's merkwürdig“, sagte Hanni leise.

„Wieso? Was ist denn los?“, fragte Erika.

„Na, habt ihr nicht gesehen? Die Mägerlein ist eben mit unseren Eltern zu Theo gegangen.“

„Dass sie zusammen zu Theo gegangen sind, habe ich nicht gesehen“, sagte Erika spöttisch.

„Ist aber so.“ Hanni nickte bekräftigend. „Wir haben einen Brief bekommen, von Theo an unsere Eltern. Aber sie wollten uns nicht verraten, was drinsteht.“

„Das kann nichts Gutes bedeuten“, sagte Nanni düster. „Ich ahne Böses.“

Die anderen lachten.

„Ach, Quatsch.“ Hanni winkte ab. „Vielleicht werden wir

für den Verdienstorden von Schloss Lindenhof vorgeschlagen. Immerhin haben wir letztes Schuljahr das Geheimnis des Schlossgespensts gelüftet und die Shakespeare-Aufführung gerettet."

„Moment mal", protestierte Lilly. „Das sehe ich aber ein bisschen anders. Wegen euch wäre die ganze Aufführung beinahe ins Wasser gefallen. Da war ja eher meine Choreografie die Rettung. Also, wenn jemand einen Orden verdient hat, dann wohl ich."

Hanni und Nanni grinsten, als sie an den Tag vor dem großen Fest dachten. Ins Wasser gefallen war damals nicht die Aufführung, dafür aber sie beide und Daniela.

Jetzt erst fiel ihnen auf, dass sie Daniela noch gar nicht entdeckt hatten. Lilly zuckte mit den Schultern. Ihr war das ziemlich egal, seit sie im letzten Schuljahr herausgefunden hatten, dass Daniela keine Prinzessin, sondern *nur* die Tochter eines reichen Dessousfabrikanten war. Aber Hanni und Nanni interessierte schon, wo sie steckte. Zwar hatte sich Daniela anfangs alle Mühe gegeben, sich bei den Zwillingen unbeliebt zu machen. Nach einigen Verwirrungen hatten sie aber doch Freundschaft miteinander geschlossen.

Sie sahen sich um und Hanni entdeckte schließlich als Erste eine rosa Insel im Gewirr der Mädchen und Eltern, die sich verabschiedeten. Im hintersten Teil des Schlosshofs stand

Daniela ganz allein neben einer schwarzen Limousine, umringt von ihrem rosa Gepäck, mit einem rosa Rock und einer rosa Schleife im goldblonden Haar. Natürlich. Rosa war Danielas absolute Lieblingsfarbe und das hatte sich auch während der Ferien nicht geändert.

„Da drüben ist sie!“, rief Hanni und winkte. Aber Daniela sah sie nicht. Sie schien keine Lust zu haben, irgendjemanden zu begrüßen, und starrte stur in die Ferne. Neben ihrem Gepäck standen ein Chauffeur in einer schicken dunkelblauen Uniform und Professor Kästner, der seit Kurzem für die Küche im Lindenhof zuständig war. Er war sehr beliebt im Internat, unter anderem, weil er zum Abendessen eher ungewöhnliche Gerichte wie Wackelpudding auftischte. Aber auch, weil er für jedes der Mädchen immer ein offenes Ohr und einen guten Ratschlag parat hatte.

Der Chauffeur verabschiedete sich zackig und brauste davon. Professor Kästner blieb bei Daniela, strich ihr über den Kopf und redete mit ihr. Daniela hatte auf einmal Tränen in den Augen. Wenig später kam der Professor quer über den Hof auf die Zwillinge zu. Hanni warf Nanni einen ratlosen Blick zu. Nanni zuckte ebenso ratlos mit den Schultern.

„Hallo, Professor“, sagte sie. „Was ist denn mit Daniela los?“

„Hallo." Konrad Kästner lächelte traurig. „Ihr habt es also schon bemerkt. Daniela geht es nicht so gut. Ich wollte fragen, ob ihr euch nicht ein bisschen um sie kümmern könnt."

„Ja, natürlich", sagten Hanni und Nanni, und auch Erika und Lilly nickten. „Was ist denn passiert?"

„Hm, ich finde es besser, wenn sie euch das selbst erzählt." Er hob die Augenbrauen und lächelte wieder, dieses Mal ein bisschen fröhlicher. „So, jetzt muss ich aber zurück in die Küche, damit ihr was Anständiges zum Abendessen bekommt."

Hanni und Nanni wollten sofort zu Daniela hinübereilen, aber die war samt ihrem rosa Gepäck sang- und klanglos verschwunden.

„Na ja, nachher ist auch noch Zeit", sagte Hanni leichthin.

Nanni verzog mürrisch den Mund. „Ja", sagte sie, und leise: „Mir will dieser vermaledeite Brief nicht aus dem Kopf."

„Ach ja, bevor ich es vergesse: Meine Mutter hat auch einen Brief von Theo bekommen."

Einen Moment lang war Stille und die Zwillinge starrten Erika an.

„Meine auch", sagte Lilly.

„Ist ... das ... wahr?", fragten Hanni und Nanni wie aus einem Mund. Die Briefaffäre nahm ungeahnte Ausmaße an. „Und warum rückt ihr erst jetzt damit raus?"

„Ich fand das jetzt nicht so bemerkenswert", sagte Lilly. Sie setzte sich ihre Kopfhörer wieder auf und machte ein paar Tanzschritte. „Die Band ist so genial. Aber auch die Vorband war klasse. Das *müsst* ihr euch anhören."

Nach den Ferien kommen die Zwillinge gut gelaunt in Lindenhof an. Doch dort müssen sie sich nicht nur mit ihrer nervigen Cousine Elli herumschlagen, sondern auch noch eine falsche Prinzessin entlarven! Dabei sind die beiden eigentlich in großer Sorge um ihre Eltern, die mitten in einer Ehekrise stecken. Und als schließlich herauskommt, wer die echte Prinzessin ist, gilt es auch noch, eine Entführung zu vereiteln ...

Das Buch zum Film 2
ISBN 978-3-505-13015-1

Ganz Lindenhof erwartet aufgeregt die Ankunft einer Gruppe englischer Austauschschülerinnen. Doch die entpuppt sich als eine Busladung Jungs! Wo sie schon einmal da sind, sollen sie auch bei der bevorstehenden Schulaufführung von „Romeo und Julia" mitmachen. Prompt verlieben sich Hanni und Nanni in den smarten Hauptdarsteller Clyde – und auch die Zicke Daniela hat ein Auge auf den aus England importierten Romeo geworfen. Die Theaterproben laufen immer mehr aus dem Ruder … Und als würde das nicht genügen, scheint auch noch ein Geist in dem alten Gemäuer sein Unwesen zu treiben!

Das Buch zum Film 3
ISBN 978-3-505-13190-5

Schneiderbuch
EGMONT

Hanni & Nanni

Für Hanni und Nanni sind sie das Schönste auf der Welt – beste Freundinnen! Und die erzählen sich alles: was sie cool finden und was sie gar nicht mögen, welches Lied das tollste der Welt ist und was sie gerne lesen, wie ein perfekter Tag aussieht und was sie einmal werden möchten. Mit diesem Buch lernst du deine liebsten Freundinnen noch besser kennen!

Meine Freunde
96 Seiten, gebunden
ISBN 978-3-505-13427-2

Hanni und Nanni schenken dir ein Buch ganz für dich allein! Diesem bezaubernden Tagebuch kannst du alles anvertrauen, was dir am Herzen liegt: deine großen und kleinen Geheimnisse, schöne Erlebnisse und Kummer, Träume und Wünsche!

Mein Tagebuch
192 Seiten, gebunden
ISBN 978-3-505-13428-9

Hanni & Nanni
glänzend kaschiert, mit farbigen Seiten im Innenteil
€ 8,99 [D]
